「そのまま……見せてみろ」
誘う視線が、どくんと胸の奥を打つ。
身体じゅうが熱いのは、
きっと強い照明のせいだ。
sex scandal
セックス・スキャンダル

セックス・スキャンダル

三《み》津《つ》留《る》ゆう
ILLUSTRATION：乃《の》一《いち》ミクロ

セックス・スキャンダル

LYNX ROMANCE

CONTENTS

セックス・スキャンダル

冷房の風がひやりと裸の肌を撫《な》で、柴田《しばた》は身体《からだ》を震わせた。

真っ白なスタジオの床には、脱いだ衣類がわだかまっている。誠実に見えるようにと着てきた紺色《こんいろ》のジャケットは、まるで自尊心の抜け殻《がら》のようだ。

床置きのファンが回ると、つめたい空気が一糸纏《いっしまと》わぬ体表を走る。寒気《さむけ》立つ胸の上で、乳首が硬く凝《しこ》るのがわかる。

羞恥《しゅうち》のあまり、堪《こら》え切れずに目を伏せると、シャッターを切る音と同時に、視界が白く瞬《またた》いた。

ライトの熱が、ちり、と浅く肌を灼《や》く。

「――いいぞ、今の角度」

はっとして目を向けると、男はまだファインダーを覗《のぞ》いていた。

構えたカメラの向こうから、こちらを見ている視線を感じる。

「ここ、こんなにして……可愛《かわい》いな」

するり、と胸のあたりを撫でられた。

ごつごつした男らしい指先が、立ち上がってしまった乳首を掠《かす》める。

「敏感だな」

「……違います……これは、寒くて」

「そうか？　じゃあそこも、寒くてそうなってんのか」

男の視線が、座り込んでいる柴田の脚《あし》のあいだに落ちた。

つられるように目をやると、そこはゆるやかに兆《きざ》しはじめている。

「こ……これはっ……！」

慌《あわ》てて立ち上がろうとすると、大きな手で肩を押された。

「いいから、言うこと聞いてろよ。依頼、受けてほしいんだろ？」

そんなふうに言われてしまえば、歯向かうことなどできなくなる。

そうだ、彼の言うとおりだ。

この場で柴田がすべきことは、自分のプライドを守ることではない。これからの、ジャーナリスト人生につながるきっかけをつかむことだった。

「脚、開けよ。なんでもやるって言ったよな？」

この男に仕事をさせるためには、要求に応じてみせるほかはない。

ほんのわずかに膝頭《ひざがしら》を離すと、裸の内腿《うちもも》に空気が触れた。

手のひらが、ゆっくりと膝からすべり下りていく。

寒気とも興奮ともつかないものが、喉元へと伝播《でんぱ》する。

「――そうだ、できるじゃねえか」

かけられた声は、不思議《ふしぎ》にやさしく、甘かった。子供のころ、褒《ほ》められたときのことを思い出すような、あたたかく低い声。

「そのまま……見せてみろ」

誘う視線が、どくんと胸の奥を打つ。身体じゅうが熱いのは、きっと強い照明のせいだ。言いなりになってしまうのは、仕事のためには仕方ないことだから。

乾いた喉が、こくりと鳴る。

柴田は、脚の力を抜いた。

1

「ちょっと……熊谷《くまがい》さん！　納得できませんよ！」

会議室から出てきた柴田知幸《ともゆき》は、先を行く上司、熊谷の背中を追った。

ほかの班は、すでにプラン会議を終えているらしい。フロアの端に置かれたソファーには、徹夜明けの記者がひっくり返って仮眠している。

ソファーセットの向こう、点《つ》けっぱなしの大型テレビでは、その記者が追っている事件――女子大生連続殺人事件について、昼のワイドショーが報じていた。

名前のとおり大柄《おおがら》な熊谷は、編集部員の机や本の山、乱雑に資料が突っ込まれた段ボール箱をものともせず、すいすいと席に戻っていく。柴田は、雪崩《なだれ》を起こしている古雑誌につまずきながら、編集部フロアの奥、デスク席に腰を下ろした熊谷に訴えた。

「テレビだって、女子大生連続殺人の話題で持ちきりじゃないですか。うちも人手が必要だって、熊谷さんさっき言ってましたよね」

「ああ、それがどうかしたか」

「だったらどうして、俺を事件班に行かせてくれないんですか！」

こちらの剣幕《けんまく》などどこ吹く風で、熊谷は出社前に買ってきたらしいライバル誌をめくっている。柴田も今朝、コンビニで確認した『週刊当世《とうせい》』だ。柴田たちが作る『週刊ズーム』と同曜日発売の『当世』も、当然ながら話題の事件を特集している。

『当世』をめくる手を休めず、熊谷は言った。

「事件班にやったところで、おまえになにができる？」

「たしかに俺はまだ、先輩たちみたいに警察や新聞とのパイプはありませんけど……」

新卒で出版社に就職して一年、最初に配属された営業部で働いているあいだじゅう異動願いを出し続け、ようやく『週刊ズーム』編集部への配属が叶って一年と三か月。

柴田が所属することになったのは、ここ東京《とうきょう》は飯田橋《いいだばし》にある出版社、興学社《こうがくしゃ》の総合週刊誌『週刊ズーム』編集部でも、おもに芸能ネタを追いかける芸能班だ。

『週刊ズーム』編集部には、芸能班のほかにも、表紙やグラビアを担当するグラビア班、連載小説などの読み物を担当する文芸班、政治班、経済班、スポーツ班に事件班と、分野別の班がある。フリーの契約記者やカメラマンも含め、総勢五十人あまりがどこかの班に所属する決まりになっていた。

各班はふだん、自分たちが担当するジャンルのネタを追っている。

どの班も、月曜の午前中は、次号以降のネタを打ち合わせるプラン会議を行っているはずだ。

そして今日は、そのプラン会議で、柴田たち芸能班にイレギュラーな事態が伝えられた。

ワイドショーが騒いでいる女子大生連続殺人事件を追うために、事件班から芸能班への応援要請があったというのだ。

「俺だって、まだ新人とはいえヘルプくらいできるはずです。事件班に行かせてください！」

柴田が身を乗り出すと、熊谷はようやく『当世』の誌面から目を上げた。

「なあ、柴田」

「はい？」

「おまえ、なんでそんなに事件班に行きたがる？」

「それは……」

本音を言えず、柴田は思わず顔をしかめた。

——他人のプライベートを暴《あば》き立ててよろこぶなんて、悪趣味じゃないですか。

この編集部への異動願いは自分で出した。文句を言える筋合いではないとわかっている。

とはいえ、柴田が今日まで追ってきたのは、やれ人気アイドルのお泊まりデートだやれミュージシャンの不倫だと、芸能ゴシップばかりなのだ。

こちらを見据《みす》える熊谷に、論点をすり替えて返す。

「マスメディアには、社会に対して果たすべき責任があるはずです。ゴシップなんかより、社会的に意義のある記事に人員が充《あ》てられるべきだと思います」

「おまえなあ……どんな記事のおかげで飯が食えてると思ってんだ」

熊谷は『週刊当世』をぱたんと閉じて、机上の本棚《ほんだな》に差し入れた。

「まあいい。柴田、おまえ、ここの編集部に来て一年経ったな」

「はい……そうですけど」

熊谷は、「ふむ」と考えを巡らすようにフロアを見ながら顎《あご》を引いた。

「それならまあ、潮時《しおどき》か」

「えっ？」

「事件班に行きたいなら、おまえの言う『ゴシップなんか』が立派に書けるとこ見せてみろ」

「それって……」

話を理解し切れずにいると、熊谷は「宇野《うの》さん」と記者席に声をかけた。

「はい、どしたの」

応《こた》えたのは、芸能班に所属する契約記者の宇野だった。熊谷の席の前、島状に固まった机のうちのひとつに座り、ノートパソコンから顔を上げている。

「さっきのネタ、ひとつこいつに追わせてみます。申し訳ないんですが、しばらく様子見てやってもらえませんか」

「へえ、柴田ちゃん、ついにひとり立ちか。了解、がんばってね」

「え……えっ？」

にこにことえびす顔の目尻を下げられ、柴田は目を見開いた。

これまでの一年あまりで、先輩記者と組まずにネタを追いかけたことはない。

今回は、柴田にネタを任せてくれるということだろうか。

思うそばから、握りしめていた取材ノートを熊谷にパンと叩かれる。

「王子系イケメン俳優、藤城《ふじしろ》イツキの乱交パーティー疑惑。意義ある記事が書ける柴田記者には、役不足ってくらいだろ？」

ノートには、さきほどの会議で柴田に新しく振られたターゲットの名が書きつけてあった。

連続殺人を追うことになった記者たちから、引き継いできたネタだ。

「でも……これ、今まで業界で何度も噂《うわさ》になってるネタですよね？　どこも決定的な証拠がつかめなくて、ガセだって言われてる……」

「だから、抜いてみろって言ってんだろ」

熊谷は、鷹揚《おうよう》に笑いながら立ち上がる。

「班を移りたいとか言う前に、まずは芸能でスクープ取ってこい。そのネタ抜けたら、事件班に差し出すのも検討してやるよ」

「ほ……ほんとですか!?」

柴田はますます、皿のように目を見開いた。熊谷はすでに、編集部の出口に向かっている。逃げられてはたまらないと、なかば叫ぶように言った。

「ほんとに、このスクープ取れたら事件班に行かせてくれるんですか!?」

答えるかわりに、熊谷は片手を軽く挙げた。それを確認した瞬間、武者震いのような細かい震えが胸のあたりから脳天に抜ける。

「約束ですよ！　俺、絶対に抜いてみせますから！」

背中越しにひらひらと手を振って、熊谷は編集部を出ていった。


翌日、柴田は、画像検索をかけていたパソコンのモニターを眺《なが》めていた。

画面では、端整《たんせい》な面差《おもざ》しの青年が、白い歯をこぼして笑っている。映画にドラマにと引っ張りだこで、街の広告でもその顔を見かけない日はない藤城イツキだ。

事務所のホームページを開くと、公式のプロフィールには、身長一八〇センチと書いてある。

俺よりも二センチ高い、と男子の性《さが》でそう思う。

柴田自身、女性にもてなかったかと言われると案外そうでもないのだが、癖《くせ》のないまっすぐな黒髪と黒目、白い肌は、どちらかというと幼く見られることが多かった。二十四歳の今になっても、学生と勘違いされるのはしょっちゅうだ。

それに比べ、さらりと流れる栗色の髪、健康的な肌の色、整った顔立ちの藤城イツキは、文句のつけようのない美青年だった。

モニターを睨《にら》んでいると、出先から宇野が戻ってきた。

「あ、おかえりなさい」

「どうしたの、なんか難航してる？」

重たげなリュックを下ろしながら、宇野が隣の席に腰を下ろす。四十代なかばと聞いている彼は、おだやかな顔つきに似合わず、スクープを次々とすっぱ抜く凄腕《すごうで》だ。藤城イツキの乱交ネタも、宇野の指示のもとで追うものだとばかり思っていた。

「いえ、具体的にどう、ってわけじゃないんですけど……あの藤城イツキが乱交だなんて、まったくイメージできなくて」

モニターの前で難しい顔をすると、宇野はおかしそうにくくっと笑った。

「だからこそおもしろいんじゃない。見た感じ清楚《せいそ》な子ほど、エロいと興奮するでしょう？」

「は……？」

「なんにしても、ひとりで追っかけるのはキツいと思うよ。できればカメラマンつけたいけど……今回のネタ、とくに難しいからね。腕のいいやつじゃないと」

宇野はフロアを見渡した。社カメの姿を探しているのだろうが、今日も今日とて、人員は女子大生連続殺人事件に駆り出されており、編集部は閑散《かんさん》としている。

「この調子じゃあね」

ちょっと肩をすくめたかと思うと、宇野は「そうだ」と自席の引き出しを開けた。

その中から探り当てたのは、『週刊ズーム』のバックナンバーだ。

ぱらぱらとめくり、こちらに巻頭のグラビアページを差し出してくる。

「……？」

誌面に掲載されているのは、数年前、世間を騒がせた芸能ゴシップ写真だった。

人気絶頂の女性アイドルが泥酔し、路上で醜態《しゅうたい》を晒《さら》す姿を捉《とら》えたもので、柴田のまわりでも男友達がこぞって話題にしたため、よく覚えている。

「これが……どうしたんですか？」

意味がわからず尋ねると、宇野はさらに数冊の『ズーム』バックナンバーと、ライバル誌の『週刊当世』、新聞などがスクラップされたファイルを取り出した。

どれも写真の扱いが大きな記事で、しかも、見覚えがあるレベルで印象の強いものだ。

「ここ、見てごらん」

宇野が、写真に添えられたクレジットを指差した。

「『撮影／佐治一帆《さじかずほ》』……」

手にした記事を検分すると、アイドルの泥酔写真も、政治家の現金授受の証拠写真も、そのカメラマンの手によるものだ。女性週刊誌のゴシップも、新聞が抜いた政治ネタさえも、クレジットには同じ名前が印字されていた。

「他社でも撮ってるってことは、うちの社カメじゃありませんよね」

「うん、フリーのカメラマン。三年くらい前までは、うちの編集部にも来てたんだ」

「お、柴田、懐《なつ》かしい記事出してきたな」

宇野の話を遮《さえぎ》った大きな声は、デスクの熊谷のものだった。

「熊谷さん……これは、宇野さんが」

「なんだおまえ、ズルするつもりじゃないだろうな。宇野さん、甘やかさないでくださいよ」

「でも、熊谷さんもちょっと意地が悪いと思うよ。新人にこんな大ネタ追わせるなんて」

わけ知り顔の宇野に苦笑で応え、熊谷は『ズーム』のバックナンバーを一部取り上げた。

三年前に起きた横領事件の、容疑者逮捕の瞬間を撮《と》った写真だ。自宅で逮捕され、捜査員に連れられて車に乗ろうとする男を、その妻が、警察の制止を振り切って追いかけるところを捉えている。

「衝撃的でしたよね、その写真。俺、はじめて見たときのこと覚えてます」

感激して言う柴田の横で、熊谷が言った。

「佐治のやつ、これで新聞団体の賞獲《と》ったんだよ。この画《え》撮れたの、その場にいたカメラの中でも佐治だけだったんだよな」

言葉では悔しそうだが、その声はどこか誇らしげだった。

佐治は、ゴシップ写真だけでなく、報道写真の腕もいいカメラマンなのだ。その実力を、海千山千のデスクも認めている。柴田の胸は高鳴った。

「しかも佐治くん、どれもノートリなんだよね」

聞きなれない宇野の言葉に、柴田は軽く首をかしげた。

「ノートリ？」

「そう、ノートリミング。どの写真も、トリミングの必要がないくらいばしっと構図決めて撮ってるの。どんな現場でも、一発で決められるなんてすごいよねえ」

熊谷も、感慨深げに小さく唸《うな》った。

「どんな無理難題ふっかけても、絶対に撮ってくる。狙《ねら》った獲物はかならず仕留めるって、この界隈《かいわい》じゃちょっと有名だったよ」

「へえ……そんなにすごい人なんですか」

聞けば聞くほど、賞賛のため息しか出てこなかった。

高い評価を受ける報道写真を、しかも狙って撮るなんて——柴田は、この編集部に来て一年と三か月、そんなカメラマンと仕事をしたことはない。

「とはいえ宇野さん、佐治を現場に引っ張り出すのは無理でしょう」

熊谷が言うと、宇野は「やっぱり？」と、悪戯《いたずら》がばれた子供のような顔をした。

「新人くんがなんにも知らないでいで行けば、絆《ほだ》されてくれるんじゃないかと思ったんだけど」

柴田は、熊谷と宇野の話に目をしばたたいた。

「佐治さんって人、今は現場に出てないんですか？」

「ああ……まあな」

曖昧《あいまい》な熊谷の返事を、宇野が補う。

「一時期は、寝る暇《ひま》あるのかなっていうくらい現場に出ずっぱりだったんだけどね。その写真で賞獲ったあとくらいから、ぱったり顔見なくなっちゃって」

「赤坂《あかさか》にスタジオ買って、そこに引きこもるようになったんだよ。もう現場には出ないとか言いやがって……今はほぼ、美容雑誌なんかのブツ撮り専門だな。若いのに、隠居《いんきょ》生活みたいなもんだ」

熊谷も、ため息混じりの声で言った。

「現場に出ないって……どうしてですか、こんなにすごい写真を撮れる人なのに」

「さあな。とにかく、佐治に頼ろうとしても時間の無駄だ。そんな暇があったら、さっさと外出て、ひとりでも多く関係者に会ってこいよ」

「それなら余計に、佐治さんにお願いしたいです」

「おまえ、人の話聞いてたか？」

「聞いてましたよ」

苦い顔をする熊谷に、勢い込んでたたみかける。

「狙った獲物は、確実に仕留めてくるんでしょう？　どんな過酷な現場でも、一発で構図決めて撮れるんですよね？」

「まあ、そういうことは言ったがな」

「それならなおさら、協力を仰《あお》ぐべきじゃありませんか。今回はとくに、どこも詰め切れなかったネタですよ。この人手不足じゃ、社カメだって芸能班が長く拘束《こうそく》するわけにいかないし……それに」

柴田は、写真のコピーに目を落とした。

捜査員に連れられていく夫を、髪を振り乱して追おうとする若い妻――この写真を見た誰もが、罪を犯すことで、こんなふうに家族を苦しめることになるのだと実感しただろう。佐治の撮った一枚は、そんなことを直感的に理解できる、素晴らしい写真だった。

「……こんな写真を撮る人が、報道の現場にいないのは間違ってます。佐治さんっていう人は、現場に戻ってくるべきです」

こんなに影響力のある写真を撮るくせに、どうして現場に出ないなどと言うのだろう。柴田には、並外れた才能に恵まれながら、それをみずから放棄《ほうき》しようとする佐治の心がわからなかった。

「柴田」

熊谷が、思案顔で柴田を呼んだ。

「はい?」

「おまえ、本当に佐治は現場に戻ってくるべきだと思うか」

「え? それは、思いますけど……」

「……それならまあ、思うようにやってみるのもいいか」

ほとんど呟《つぶや》くようにそう言うと、熊谷は宇野に向き直った。

「宇野さん、すみませんが、柴田に佐治の連絡先教えてやってもらえますか」

色めき立って、柴田はなかば立ち上がる。

「いいんですか!?」

「自分で言ったんだろうが」

手にしていた分厚《ぶあつ》い手帳でとんとんと肩を叩きつつ、熊谷は意味ありげににやりと笑った。

「佐治のこと、口説《くど》けるもんなら口説いてみろ。万が一、いや、億が一口説けたら、どこの班からでもスカウトが来るぞ」

「それ、どういう意味ですか」

「ちなみに、今まで口説きに行ったやつは全滅だ。たまにいるんだよ、どこから聞きつけてくるんだか、佐治に撮らせたいって言い出す新人」

話は終わりだとばかりに、熊谷は踵《きびす》を巡らした。

「ま、せいぜいがんばれよ。佐治のことものにできれば、班の異動も夢じゃなくなるかもな」

ぽかんとして熊谷を見送り、宇野に「頼むよ、柴田ちゃん」と肩を叩かれながら、柴田はまだ見ぬ「佐治一帆」に、ちょっとした興味を抱いた。

百戦錬磨《れんま》の熊谷デスクや宇野記者に、ここまで言わしめる存在だ。

いったい、何者なんだろう？

「ここか……？」

地図を表示させたスマートフォンの画面から目を上げる。

赤坂の、大通りから一歩脇道に入ったところだ。

オフィスが立ち並ぶ表通りは、ちょうどランチの時間帯だった。

その喧騒《けんそう》が嘘《うそ》のように静かな通りに、三階建てのこぢんまりとしたビルが建っている。梅雨《つゆ》明けの青空に映《は》える真っ白なビルは、飛び抜けてセンスがいいとは言えない柴田の目にも、スタイリッシュで都会的に映《うつ》った。

もう一度、スマートフォンを確認する。

目的地のポインタが示しているのは、港区《みなとく》赤坂、佐治一帆写真事務所。

ビルにはとくに、ほかのテナントの看板は見当たらない。都会のど真ん中にあるこのビルをすべて使っているのなら、購入費用は相当な額になるのではないか。

佐治の話を聞いた昨日、憧れのような関心は、その直後、宇野から教わった電話番号に連絡をしたとき、一部が確実に反発に変わった。

『……あ、もしもし、佐治一帆写真事務所さんですか？　突然お電話差し上げて申し訳ありません。私、「週刊ズーム」編集部の、柴田知幸と申しますが……』

誠意をこめて、柴田は電話の向こうに語りかけた。

学生時代に新聞部で培《つちか》った、取材申し込みの口上《こうじょう》だ。見た目も声も地味だからか、ファーストコンタクトで嫌われることはめったにない。

だがしかし、今回の相手はまるで勝手が違っていた。

自己紹介すら終わらないうちに、ぶつりと通話が途切れてしまう。

思わず耳から離したスマートフォンは、通話終了の文字が表示されていた。

『……?』

番号を間違えただろうかと、宇野に聞いた事務所の番号と、発信履歴《りれき》を照合する。

並んだ数字は、間違っていなかった。柴田が電話をかけたのは、間違いなく佐治の事務所だ。

——でもまあ、たまたまってこともあるよな。手元が狂ったとか、来客とか。

気を取り直して、柴田は再度、佐治の事務所の番号をタップしてみた。

だが、それ以降何度試してみても、もう電話がつながることはなかった。着信履歴かなにかを見て、警戒されているのかもしれない。

一筋縄《ひとすじなわ》ではいかないと言いたげだった、熊谷の言動の意味がわかる気がした。

けれどこちらも、事件班への異動がかかっている。ただ電話を鳴らしていても埒《らち》が明かないと、今日は直談判《じかだんぱん》をするために、事務所へと訪ねてきたのだ。

「こんにちはー……」

インターフォンが見当たらないので、入り口のガラス戸をそっと押してみる。

観音《かんのん》開きのドアはあっけなく開いた。人がいないわけではないのだろう。暗幕《あんまく》の引かれた室内は、昼間だというのに暗かった。

「――誰だ」

無愛想《ぶあいそう》な、男の声が聞こえてくる。

室内に目を凝《こ》らすと、女がすすり泣くような声が聞こえてぎょっとした。が、スタジオ内に、ほかに人がいる気配はない。隣近所の声だろうか。

次第に目が慣れてくると、壁際に立てかけられたロールスクリーン、部屋の突き当たりの白く塗られた壁や床が、ぼんやりと浮かび上がるように見えてくる。

奥に置かれた机には、こちらに背を向けて大型のモニターが載っていた。

声の主は、それでなにかを見ているのだろう。その周辺だけが、ほんのりと明るい。机についているらしいとあたりをつけて、そちらに向かって声をかけた。

「あの、お約束もなしにすみません。佐治一帆さんですか？」

「……そうだけど」

「何度かお電話させていただいた、『週刊ズーム』の柴田です。依頼の件、説明だけでもさせていただけないかなと思いまして」

「……ああ？」

いっそう不機嫌さを増した声の主が、ようやくモニターの陰からのっそりと立ち上がる。

壁に伸びた彼の手が、ぱちんと照明のスイッチを入れると、暗がりに閃光が広がった。

反射的に目を閉じる。

まなうらに灼きつくような光が去ったあと、おそるおそる目を開けると、撮影用の照明だろう、スタジオの左右の壁際に立っているスタンドライトが、部屋の奥側だけを照らしていた。

その人物は、ぺたぺたとサンダル履《ば》きの足音を立てながら、机の前に姿を現した。

柴田が軽く見上げる長身は、一八〇センチ以上あるだろう。細身ながら肩幅は広く、色褪《あ》せたアロハシャツと擦り切れたジーンズの下の身体には、しっかりとした筋肉がついていることがうかがえた。

三十八歳だと聞いたが、どことなく野生味を感じる顔立ちは、想像よりもずいぶん若い印象だ。かたちのいい唇には、火の点いていない煙草《たばこ》を斜めに咥《くわ》えている。癖のある長めの黒髪は、伸ばしているというよりも、伸びてしまった結果のようだ。その証拠に、頤《おとがい》にはひげがまばらに生えている。

「週刊誌が、なんの用だよ」

我に返ると、どろんと濁《にご》った双眸《そうぼう》が、じっとこちらを見つめていた。

「あ……あの」

柴田は、鞄《かばん》の中に入れてきた資料を探る。

「撮影の依頼をさせていただけないかと思いまして」

昨日、深夜までかかってまとめた資料だ。敬意と誠意を見せるためにも、コットンシャツとチノパンの上に、紺色のジャケットまで羽織《はお》ってきた。

それなのに、佐治は差し出されたファイルを手に取ることもなく、ふうっと煙草の煙を吐いた。

「撮らねえよ」

大人げないと言ってもいい振る舞いだった。

不快感が顔に出そうになるのを押しとどめ、居住《いず》まいを正して頭を下げる。

「資料に目を通すだけでも、お願いできませんか」

「やだね。めんどい」

佐治はくるりと背を向けて、モニターの前に戻ろうとした。

なんとかこちらに関心を向けようと、柴田も佐治のあとを追い、机の向こうに回り込む。

「あの……お願いします！　俺、佐治さんのこと尊敬してるんです。新聞団体賞獲ったあの一枚なんて、感動しました。逮捕の瞬間を捉えたっていうだけじゃないインパクトがあったじゃないですか」

編集部で熊谷たちと見た、三年前に起きた横領事件の写真のことだ。

佐治がぴたりと足を止める。

手応えを感じて、柴田は必死に言葉を継いだ。

「あの写真は、起こってることを伝達するだけのものじゃありませんでした。あの写真を見て、罪を犯すっていうのはどういうことなのか考えた人も多かったと思います。犯罪を抑止《よくし》するという点でも、意義のある一枚です」

なんとか現場に出てもらおうと、考え抜いた口説き文句だった。

「あの構図で撮れたのは、現場にいたカメラマンの中では佐治さんだけだったって聞いてます。狙ったスクープは逃さないって……そんな腕があるのに、現場に出ないなんてもったいないです」

言葉じりには、うっすら本音が滲《にじ》み出た。

佐治は、他人に称《たた》えられる才能を持ちながら、それをみずから放り出そうとしている。

編集部でそれを聞いたときから、柴田はいい気持ちがしなかった。

報道の現場は、柴田がずっと憧《あこが》れてきた場所だ。佐治はそこへたどり着き、周囲に認められる仕事をものにした。

にもかかわらず、あっさりと現場に背を向けて、誰の復帰の誘いにも耳を貸さず、「いやだ」「めんどい」のひと言でそっぽを向こうとする彼に、ふつふつと憤《いきどお》りが湧《わ》くのを止められなかった。

駄目だとわかっていながらも、なにか言ってやりたいような心地がした。

それなのに、今の自分の気持ちを適切に表す言葉が浮かばない。

と、その瞬間、モニターのほうから、悲鳴のような女の声が響き渡った。

「え……？」

目をやった大型のモニターには、画面いっぱいに女の裸が映し出されている。

モニターの中では、全裸の男と女が絡《から》み合い、獣《けもの》のような声を上げていた。悲鳴じみた声は、たちまち艶《つや》を帯びた喘《あえ》ぎに変わる。――どう見ても、アダルトビデオだ。

それを認識した途端《とたん》、かあっと頬が熱くなる。

「なっ……なに見てるんですか！」

佐治は、怪訝《けげん》な顔をしてこちらを向いた。

「なにって、AVだけど」

よくよく見れば、デスクの上には、汗をかいたビールの缶が何本も並んでいる。灰皿はもちろん、吸い殻の山だ。

現場に出ない、どころではなかった。あんなに優れた報道写真を撮る、憧れのカメラマンが――こんな、自堕落《じだらく》な生活をしているなんて。

「それにしたって、こんな昼間から……」

モニターを直視していられず、気まずさに目が泳ぐ。

佐治はなにを思ったのか、柴田の顔を覗き込んだ。女の子ならぽうっとなってしまいそうな顔立ちが、ずいとこちらに近づいてくる。驚いて縮み上がったところに、無骨《ぶこつ》で長い指の先が思いのほかやさしく触れて、額《ひたい》にかかる髪を分けた。

「どうした、おまえ、熱でもあんのか？」

「あ……ありませんけど!?」

突然パーソナルスペースに踏み込まれて、身体が驚いているのだろう。心臓が、ばくばくと大きく打っている。なおもこちらに差し出される手から逃れようとして身をよじると、佐治は不愉快そうに顔を歪《ゆが》めた。

「はあ？　じゃあなんで、そんなに赤くなってんだよ――って、ああ」

ちらりと横目でモニターを見て、佐治は口の端を吊り上げる。

「もしかして、興奮しちゃった？」

「……！」

「キャンキャンうるせえばっかりかと思ってたけど、可愛いとこあんのな」

「こ、興奮なんて……してませんっ！」

「ほんとかぁ？　じゃ、たしかめてやるよ」

にやにやと笑いながら、佐治はこちらの股間《こかん》に手を伸ばしてきた。

「ぎゃああっ！」

――な、なんだこの人……！

佐治の手をかろうじて避け、机上のマウスを引っつかむ。こんな状態では、落ち着いて話もできない。流れっぱなしのアダルト動画の一時停止ボタンを押すと、たっぷりと丸い女の胸が、揺れる残像を残して静止した。

「と……とにかく！」

ごほんと空咳《からせき》をして、柴田はその場を仕切り直す。

佐治のほうへと向き直り、なるべく真剣に見えるよう、力をこめて彼を見上げた。

「俺は、佐治さんに力を貸してほしいんです。俺、今の部署に配属されてから、週刊誌は何年ぶんも読み込みました。新聞はもちろん、学生時代から毎日何紙も読んでます。あんな力のある写真を撮ったカメラマン、少なくとも俺はほかに知りません」

「そりゃあ、ご苦労なことで」

さして興味もなさそうに言うと、佐治は柴田が机上に放ったファイルに視線をやった。

「で、そのファイルが出てくるわけか。足動かすより、お勉強のほうが得意ってことな」

「それは……まあ、そうですけど……」

気にしていることを指摘され、居たたまれない気分になった。

たしかに昔から運動ができるタイプではなかったし、ひらめきに秀《ひい》でているわけでもない。行動力がものを言う週刊誌の編集部に入ったところで、急に人が変わるようなこともなかった。柴田が自信を持てることといえば、今も昔も、地味で地道な勉強くらいだ。

「ふうん……」

柴田をじろじろ眺め回し、佐治は蔑《さげす》むように鼻を鳴らす。

「意義のある一枚、ね。おまえ、ほんとは週刊誌なんかやりたかねえんだろ」

「え？」

「興学社っつったら、老舗《しにせ》の出版社だもんな。そのレベルに受かってるなら、新聞社は受けたものの落っこちたか、出版社の中でも文芸やりたかったのに、週刊誌なんかに配属されちまった優等生ってとこか？」

「……っ……」

首元の産毛《うぶげ》が、ざっと逆立《さかだ》った。

片頬で笑うと、佐治はしっしっとばかりに手の甲を見せる。

「なんだ、図星か」

「そんなんで週刊誌みてえな汚れ仕事してたら、すぐに潰れちまうぞ。おまえにはブン屋も向かねえよ、さっさと児童書あたりに異動してろ」

上から見るような言い方に、かっと頭に血が上った。

「入社してからずっと異動願いを出し続けて、やっと叶ったところなんです。俺は、ジャーナリストになりたいんです」

「ジャーナリスト？」

佐治は、はっと嘲《あざけ》るように笑った。

「はい。世間が知りたいと思う気持ちに応えることこそが、週刊誌の使命だと思います。それを果たせるようなジャーナリストになりたいんです」

それは、週刊誌の編集部に配属されたばかりのころに考えていたことでもあった。

社会に潜《ひそ》む、暴かれるべきものを暴きたい。

そう意気込んで配属された週刊誌の編集部だが、希望していた事件班や政治班、社会班には配属されず、芸能班でゴシップを追うことになった。

記者の仕事は、思った以上に過酷だった。

まだ底冷えのする春の夜、路上の物陰にうずくまり、何時間もターゲットを待った。明確な休日がなくなって、学生時代からつき合っていた恋人とうまくいかなくなった。

帰宅はいつも明け方近く、だいたいが酔っていて、ひとりのベッドに倒れ込む。

つめたいシーツに頬を押しつけ、思い出すのはいつだってその日の取材だ。

コメントを取りに行ったミュージシャンの奥さんに、旦那《だんな》が不倫相手と旅行中だという事実を告げて泣き出される。渋い演技に憧れた壮年の映画俳優が、キャバクラでキャストにキスを迫っている顔を撮る。ちょっといいなと思っていた清純派アイドルが、元風俗嬢だったという暴露《ばくろ》記事を書く。そんなことばかりを、毎日毎日繰り返すのだ。

この情報は、誰かの役に立つのだろうか。これが、自分の目指していたジャーナリズムなのか。

そう思いながら記者として働くためには、自分なりの言い訳を用意しなければ耐えられなかった。

自分はたしかに、目指した場所の近くまで来たはずだ。

なのに、目指したジャーナリストの姿から、今の自分はこんなにも遠い。

とはいえ、書くべきものを書くためには、まずこのネタを抜かなければはじまらない。

目下はゴシップを追うことになったとしても、柴田にとっては、やっとの思いでたどり着いたジャーナリズムの現場だった。どんな手段を使ってもしがみついてやると、ここにきて腹が据わった。

「お願いします」

目の前の男から、視線を外さずに柴田は言った。

「このネタだけで構いません。ジャーナリストになるために、俺は絶対にこのスクープを抜かなくちゃいけないいんです」

佐治は、ほんの少し片眉《かたまゆ》を上げた。

柴田のほうへ一歩距離を詰めてきて、じっと目を合わせたまま顔を寄せる。なにをされるか予測ができず、びくりと身体がすくんでしまった。

吐息《といき》が肌に触れそうな距離で、佐治はささやくように言う。

「──スクープ撮りってのはな、基本的に割に合わねえ仕事なんだよ」

雄《おす》めいた顔立ちが発する声は、どこか甘く身体に響いた。

声が上ずりそうになってしまうのを、必死で抑《おさ》えてようやく返す。

「わかってます」

「俺に撮らせようって言うなら、おまえにも相応の覚悟があるんだろうな」

「……ギャラを、上積みしろってことですか」

「そういう話じゃねえんだよ」

「だったら、どうすればいいんですか」

柴田から離れた佐治は、机の上からライターを取り、咥えた煙草に火を点ける。

「どうもしなくていいよ。俺はもう、現場には出ねえ。人は撮らねえって決めてんだよ」

「俺にできることなら、なんでもします」

佐治は机に腰を預けて、その場を動こうとしない柴田をぼんやりと見ていた。

しばらくのあいだそうしたあとで、にやりと口の端を上げる。

「なんでもする……だと？」

「もちろんです。やらせてください」

今までだって、体力的にきつい取材、心ない罵声《ばせい》に耐えてきたのだ。なにを要求されたって、たいていのことは我慢できる。

しっかりと答えた柴田に、煙草を口から離した佐治は、下卑《げび》た笑みを浮かべて言った。

「――じゃあ文字どおり、ひと肌脱いでもらおうか」

「……え」

「おまえのヌード、撮らせろよ。そしたら、考えてやらなくもない」

佐治は、明らかにおもしろがっている上目遣《うわめづか》いで、柴田の顔を覗き込んだ。

スクープ写真と引き換《か》えに、ヌードを撮られる――理解した瞬間、身のすくむ思いがした。

「な……んで、ヌードなんか……！」

「おまえ、なんでもするって言ったろ」

「言いましたけど……！」

「なんだよ、できねえのか？　やっぱりな、そこまでの覚悟があるわけじゃねえんだ」

にやにやと笑う佐治は、はっきりとこちらを挑発していた。

まともに言い返す言葉を持たず、柴田はぐっと拳《こぶし》を握る。

「……人は、撮らないんじゃなかったんですか」

苦しまぎれに揚《あ》げ足を取ると、佐治は「覚悟のあるやつは別だよ」と、平気な顔をして答えた。

ビールの缶に煙草の灰をとんとんと落とし、勝ち誇ったような顔で言う。

「おまえ、柴田とか言ったか。記者やるつもりなら、覚えとけよ。スクープ書いていいのはな、書かれる覚悟のあるやつだけだ。撮っていいのも、撮られる覚悟のあるやつだけなんだよ」

「……」

「おまえには、週刊誌なんて向かねえよ。わかったら帰れ、二度と連絡してくんな」

ヌード写真を撮らせるなんて、とかく大人しく見られがちな柴田には、できないと高を括《くく》っているのだろう。こう言えば、柴田が諦《あきら》めるとでも思ったのだろうか。

見くびられている。

突き放すような口調に、頭の中でなにかが切れた。

「——脱げば、撮ってもらえるんですね」

気づいたときには、そんな台詞《せりふ》が口を突いて出ていた。

「……は?」

「わかりました」

今度は、佐治が啞然《あぜん》とする番だった。

なるべく躊躇《ためら》いを覚えないうちに、ジャケットの襟《えり》に手をかける。

指先が小さく震えていた。

こんなことはなんでもない、と自分自身に言い聞かせる。

目の前にいるのは男だし、柴田だって男だ。温泉で、プールの着替えで、他人に裸を見られたことくらいある。ただ服を脱ぐだけ、裸になるだけ。脱ぎさえすれば、スクープが取れるのだ。

こんなことは、なんでもない。

思い切ってジャケットを脱ぎ落とすと、ばさりと乾いた音がした。

シャツを脱ぎ、ベルトを外し、チノパンを下ろす。服を脱ぐと、クーラーで冷えた室内は寒いほどだった。そわりと逸《はや》るように感じる肌を、なるべく意識しないように努める。靴《くつ》と靴下、一瞬迷って下着も脱いで、床に放った。

「……脱ぎました」

武器を持たないことを証明する兵士のように、柴田は軽く両腕を広げてみせる。

佐治は、値踏みでもするような目つきで、柴田の頭からつま先までをなぞった。

じっとりと、視線が肌を這《は》うのを感じる。

本来人目に晒すべきでないところが、すうすうして心もとない。

背中を丸めそうになるが、無理やりに背筋を伸ばした。恥じらっているのだと思われることが、あの人を食ったような態度を目にしたあとでは、なによりも癪《しゃく》だった。

「へえ……」

そう言ったきり、佐治はじっと柴田を見ていた。

居心地悪く身じろぐと、佐治はようやく、まだ長い煙草をビールの缶の中に落とした。火の消えるかすかな音が、やけに大きく聞こえる気がする。

「じゃあ、そこに立て」

彼が指したのは、強いライトの光が照らす、真っ白な床の中央だ。

踏み出すと、裸足《はだし》につめたい床が触れ、肌がざわりとあわ立った。いつのまにか、喉がからからに乾いている。唾《つば》を飲み込もうとすると、喉はごくりと無様《ぶざま》に大きな音を立てた。

白いホリゾントの中心に立つと、うつむいた視線の先に、カメラを持った佐治のサンダルが見える。そわそわして落ち着かず、すがるように目を上げると、佐治はすでにカメラを構えていた。

光るレンズが、自分のほうを向いている――、
見られている。

「よし。じゃあ……軽く、ポーズ取ってみるか」

佐治は、しごく落ち着いた声音《こわね》で言った。

拍子抜けするとともに、妙な居心地の悪さを感じる。

あんなふうに挑発してきたのだから、佐治は柴田が脱いでしまえば、嬉々《きき》として笑い者にすると思

っていた。それなのに、こんなふうに真面目《まじめ》にレンズを向けられると、却《かえ》ってどう振る舞えばいいのかわからない。

「ポーズって……どうすればいいんですか」

絞り出した声は、情けなく揺れていた。

それに気づいているのかいないのか、佐治は憎らしいほど冷静な声で言う。

「なんでもいい。思うように動いてみろよ」

冷房の風がひやりと裸の肌を撫で、柴田は身体を震わせた。

無防備な状態でいるのだということを実感し、つい佐治から顔を逸らす。

視界の端に、みずから脱ぎ落とした衣類が見えた。床にわだかまるジャケットは、まるで自尊心の抜け殻のようだ。

床置きのファンが回ると、つめたい空気が一糸纏わぬ体表を走る。寒気立つ胸の上で、乳首が硬く凝るのがわかる。

羞恥のあまり、堪え切れずに目を伏せた。

シャッターを切る音と同時に、視界が白く眩《まぶ》しく瞬く。ライトの熱が、ちり、と浅く肌を灼く。

「――いいぞ、今の角度」

はっとして目を向けると、佐治はまだファインダーを覗いていた。

構えたカメラの向こうから、こちらを見ている視線を感じる。

「そうだな、次はこっち見てろ……そうだ、背筋伸ばして、肩を後ろに持っていく感じで、腹に力入れてみろ。……そこだ」

もう一枚。

「そしたら、右手で鎖骨《さこつ》のあたりを触って、その手を見る感じで目を伏せる……ああ、いいな。次、そのまま視線だけこっちに……上手いぞ」

佐治の言葉に操《あやつ》られ、リズミカルに響くシャッターの音を聞く。そのたびに、肌の上を照明の熱が走り、触れられているような錯覚を抱く。

日常ではありえない強さの光に晒されて、気が遠くなりそうにぼうっとする。

だから、レンズがだんだんと近づいてきていることに、しばらくは気づかなかった。

「——そうだ、いい子だな」

低めた声に褒められると、それがやけに誇らしく、自分が全裸で、大胆なポーズを取っているということへの羞恥心が薄らいだ。

裸の写真を撮られるなんて、屈辱的《くつじょくてき》な行為であるはずだ。

なのに身体は、なぜか彼の言いなりになっている。

「そうしたら、腰を下ろせ。膝を抱いて、小さくなって……いいな。じゃあそこから、後ろに手を突いて……次は肘だ、そう、肘も突け。ゆっくりでいい、背中は半分床につけて、膝は立てたままな。胸がこっち向くように、上半身だけ捻《ひね》ってみろ。……いいぞ、綺麗《きれい》だ。ああ、床、つめたかったか？

ここ、こんなにして……可愛いな」

ごつごつした男らしい指先が、立ち上がってしまった乳首を掠めた。それだけの刺激で、身体はびくりと跳ね上がり、柴田は自分の反応に驚く。

「敏感だな」

構えたカメラの向こうから、佐治がふと顔を見せる。その目がやさしく弧《こ》を描くのが、嘲笑《ちょうしょう》されるよりもいっそ恥ずかしく、頬が燃えそうに熱くなる。

「……違います……これは、寒くて」

「そうか？　じゃあそこも、寒くてそうなってんのか」

佐治の視線が、柴田の脚のあいだに落ちた。

つられるように目をやると、そこはなぜだか、ゆるやかに兆しはじめている。

「こ……これはっ……！」

慌てて起き上がろうとすると、大きな手で肩を押された。

「いいから、言うこと聞いてろよ。依頼、受けてほしいんだろ？」

そんなふうに言われてしまえば、歯向かうことなどできなくなる。

そうだ、彼の言うとおりだ。

この場で柴田がすべきことは、自分のプライドを守ることではない。これからの、ジャーナリスト人生につながるきっかけをつかむことだった。

――それなのに。

おさまれ、と意識すればするほどに、そこは角度を持って熱くなる。

快感を得ているわけでも、興奮するような場面でもなかった。強《し》いて言えば、ライトの熱と光でぼうっとしてはいるが、それにしても浅ましすぎる反応だ。

「ち……違うんです……」

「違わねえだろ。いいじゃねえか、素直で可愛いぞ」

居たたまれなくて唇を噛《か》むと、佐治はふたたびカメラを構えた。

「その顔、そそるわ」

「な……なに言ってるんですか……！」

「いや、ほんとだって。こっち見ろよ」

からかうように言われると、鈍《にぶ》っていた羞恥心が燃え上がる。

――どうして俺が、こんな目に遭《あ》わなきゃならないんだ。

そうは思えど、言葉にしてしまうわけにはいかなかった。

勢い、レンズを睨み上げる。ファインダーを覗いていた佐治は、感嘆《かんたん》の吐息をこぼした。

「ああ――いいな、おまえ。色っぽい顔もできるじゃねえか」

「なっ……」

「真っ赤になって、初心《うぶ》なもんだな。童貞か？」

「ど……っ、童貞じゃありません！」

「へえ……そうか、童貞じゃねえのか。そしたら、おまえのこういう顔、見たことあるやつがほかにもいるってことだよな」

そりゃあちょっと悔《くや》しいな、と聞こえた気がして、柴田は目を丸くした。

「へっ？」

「だったら俺には、もっとすげえの見せてくれるよな？」

「えっ……ち、ちょっと……！」

佐治は、柴田の膝に手のひらを添えた。

「な、なにす……」

「いい子だな。俺の言うこと、聞けるじゃねえか」

男の手が、ゆっくりと柴田の膝を割った。

「脚、開けよ。開いたら、膝の裏に手入れて、自分で支えろ。よく見えるようにな」

そんなことをすれば、秘めておくべきところが丸見えになってしまう。しかもそこは、柴田の意思とは関係なく、実りはじめてしまっているのだ。そんなところを直視して、その上写真に撮ろうだなんて、まともな人間のやることではない。

「なんでもやるって言ったのにな」

「……、っ……」

うろたえる柴田を低く笑って、佐治は言った。

「できねえんならいいぞ。そのまま服着て、とっとと帰れ」

無遠慮な視線を向けられて、目眩《めまい》がしそうな羞恥と怒りに歯噛みする。

こんな恥辱を味わわされるなんて、いくらなんでも理不尽《りふじん》だ。

けれど、彼の力なくしては、与えられた仕事を完遂《かんすい》できるとも思えない。

佐治はカメラを構えたまま、座り込む柴田を見下ろしている。伸びっぱなしの髪に無精《ぶしょう》ひげ、よれたシャツをまとっていても、目だけは鋭く、まっすぐに柴田を射貫《いぬ》く。

この男に仕事をさせるためには、要求に応じてみせるほかはない。

レンズに——佐治の目に、裸の自分が映っている。不本意にも屹立《きつりつ》した性器と同じに、心ならずも頬を上気させている。

ほんのわずかに膝頭を離すと、裸の内腿に空気が触れた。

佐治の手が、ゆっくりと膝から腿へとすべり下りていく。寒気とも興奮ともつかないものが、腰の後ろのあたりから、喉元へと伝播する。

「——そうだ、できるじゃねえか」

かけられた声は、不思議にやさしく、甘かった。

子供のころ、褒められたときのことを思い出すような、あたたかく低い声。

「そのまま……見せてみろ」

誘う視線が、どくんと胸の奥を打つ。身体じゅうが熱いのは、きっと強い照明のせいだ。言いなりになってしまうのは、仕事のためには仕方ないことだから。

乾いた喉が、こくりと鳴る。こんなことがなんだ、と柴田は自分を奮《ふる》い立たせた。ひと思いにやってしまえば恥ずかしくない。

意を決して、柴田は脚の力を抜いた。

すると、

「冗談だよ」

場の緊張が解け、佐治の手のひらがすいと退いた。

「――え？」

離れていく手のひらの熱を、ほんの少し寂しく感じる。

「まさか、ほんとに脱ぐとはな」

佐治は、くつくつと肩を揺らして笑った。

「おまえの覚悟はよくわかった。しょうがねえから、仕事は受けてやってもいいぞ。今回だけ特別な」

「ほ……本当ですか⁉」

状況も忘れ、「ありがとうございます！」と頭を下げる柴田には構わず、佐治はカメラのモニターを見て口笛を吹いた。

「おー、かなり際どいな」

機嫌のいい声を出し、柴田にモニターをちらりと見せる。そこにはたしかに、裸の自分のしどけない姿が写っていて――。

「いやー、スクープ撮りもたまには受けてみるもんだな。なんでもするなんて言うアシスタント、今どきなかなかいねえもんなー」

「……は？」

「これでしばらく楽できるわ、次はなにしてもらおっかなー」

佐治は悪びれる様子もなく、楽しげに写真を見返している。全裸で写真を撮らせてしまったことの危険性を今さらながら認識して、ざっと顔の血の気が引くのを感じた。

「な、なんでもするって……あれ、仕事を引き受けてもらうときの条件じゃ……」

「あ、そ？　俺は、このスクープ撮れるまでずっとってつもりだったけど」

「はぁ……!?」

柴田は今度こそ目を剥《む》き、思わず立ち上がっていた。

「そ……そんな屁理屈《へりくつ》、とおりませんよ！」

「お、萎《な》えてんじゃん。どうした？」

柴田は自分の身体を見下ろし、全裸だったことを思い出す。

「～～～!!」

泡《あわ》を食って股間を隠し、散らばっていた服をかき集める。

そんな柴田を見下ろしながら、佐治はいかにも楽しげに言った。

「俺は別にいいんだぞ、契約不成立でも。スクープ撮りだなんてめんどくせー仕事しなくて済むし、この写真がどうなってもいいんならな」

佐治はこんこん、とカメラのモニターを指先で叩く。

「……っの、……！」

したり顔の佐治に、地団駄《じだんだ》を踏みたくなった。

自分は今日、高く評価される報道写真を撮った、尊敬できるカメラマンに会えるはずだった。

それなのに……。

——どうして、こんなことになったんだ？

何度目かに頭に浮かんだその疑問に、答えてくれる者はいなかった。

2

はあぁ、と大きなため息をつくと、魂《たましい》が抜け出ていくようだった。

パソコンの画面には、真っ白なファイルが展開されている。

芸能班で担当しているのは、もちろん藤城イツキのネタだけではなかった。それ以外にも、追わなくてはいけないネタはあり、書かなくてはいけない原稿もある。

にもかかわらず、なにに手をつけても集中できない。

それもこれも、原因はあの男だ――。

カメラのモニターを見せながら、ふてぶてしく笑う佐治の顔を思い出す。

――この写真が、どうなってもいいんならな。

柴田は机の上で拳を握り、浅はかだったと歯を噛んだ。

リベンジポルノという言葉を聞いたことがないわけではないし、そもそもここは、週刊誌の編集部だ。うっかり撮らせた一枚の写真がどれだけ人を追い詰めるか、知らなかったとは決して言えない。

あんなふうに簡単に、全裸写真を撮らせてしまうなんて――。

悔やんだところであとの祭りだ。

が、しかし、それでも考えずにはいられなかった。

あの写真を、ネットにばら撒《ま》かれでもしたら。いやでも、裸が公開されたとしてそれがなんだ。それが原因で死ぬわけじゃなし、嫁《よめ》入り前の女性ならいざ知らず、自分は男だ。でも、男だからこそ、恥じらう表情を浮かべた写真を、女々《めめ》しいなんて言われたら？　次に好きな女の子ができたとき、その子の目に触れたらどうなる？　最悪だ。もう俺はお婿《むこ》に行けない。

佐治のもとを訪ねてから週末にかけて、同じことばかりをぐるぐる考えていた。

柴田は、資料用にと手元に置いている『週刊ズーム』を見て嘆息《たんそく》する。

その号の特集は、映画俳優の路上ベロチュースクープだった。芸能人は、顔がいいだけで楽に稼《かせ》げていいなと思っていた。訂正する。並大抵の精神力ではできない仕事だ。

「どうしたの、柴田ちゃん」

顔を上げると、宇野が外出先から戻ってきていた。重たげなリュックをどさりと下ろすと、柴田の隣の席に座る。午後も夕方に近くなった編集部には、ぱらぱらと記者が戻りはじめていた。

「ああ、宇野さん……お疲れ様です」

「なにか悩みごと？　手、止まってたけど」

「いえ、そういうわけじゃ……」

悩みごとといえば悩みごとだが、話の性質上、周囲の人には言えずにいた。どころか、佐治に藤城イツキのネタを追ってもらえることになったことさえ、まだ口にはできずにいる。

佐治は、編集部でも一目《いちもく》置かれ、隠居生活を嘆《なげ》かれている様子だった。

その佐治を口説けたとなると、柴田の評価も上がるに違いない。

そうなれば、事件班への参加も夢ではなくなるかもしれないと思うものの、報告しようとするたびに撮られた写真が頭にちらつき、言葉にできなくなるのだった。

ちくしょう……。

ぎりぎりと奥歯を噛みしめる。

佐治に、不当にペースを乱されている気がした。ところが、佐治のことを思い返すたびになぜか胸に浮かぶのは、色めいた低い声と、甘くさえ感じる視線なのだ。

——そのまま……見せてみろ。

みずから脚を広げそうになったことを思い出し、どうして、とまた頭を抱える。

仕事のために仕方がなかったとはいえ、なぜあんな男の言いなりになってしまったんだろう。

あんなの、まともな交渉ではなかった。いかに佐治が下卑た人間だったとしても、大人同士なのだから、ほかに方法はいくらでもあったはずだ。

「あれ、さっそく行き詰まってる?」

宇野は、柴田の胸中《きょうちゅう》なんてなにひとつ知らず——いや、知られていては困るのだが、朗《ほが》らかにノートパソコンのキーを叩いていた。

「……大丈夫です。一応、予定どおりには進んでるので」

予定どおり、という言葉に、嘘はないはずだった。

あの日——全裸写真を撮られたあと、柴田が大急ぎで衣服を着込むと、佐治はなにもなかったような顔をして打ち合わせをはじめた。

『そしたら、俺がちょっと下調べしとくわ。動ける段階になったら連絡するから、おまえはとりあえず共演者のリストアップと、藤城のSNS遡《さかのぼ》って読んどけよ』

そんなふうに言われたのだが、「藤城イツキが乱交パーティーをしているらしい」というガセ同然の情報だけで、なにをどうするというのだろう。とにかくあの日は早くその場から消えたくて、生返《なま》事で事務所を出てきてしまい、ろくに確認もできなかった。

だが、ああまでして依頼を受けてもらった凄腕のカメラマンの言うことだ。

柴田はひとまず、言われたように、藤城イツキが出演した作品を片っ端から見ていって、共演者とその所属をリスト化し、公式SNSを遡ってすべて読んだ。

しかし、肝心の佐治からの連絡が来ない。

このまま放置しておくわけにもいかないし、そろそろ連絡を取らなければと思うのだが……。

——どうにも、連絡しにくいよなあ。

なにかしていなければ落ち着かないし、佐治に連絡をする前に、先輩記者が紹介してくれた芸能関係者に先に当たってみようか。

そんなことを考えつつ、編集部から支給されたスマートフォンを手にした、そのときだった。

手の中の端末が震え出し、驚いて取り落としそうになる。

「っと……」

つかみ直したスマートフォンには、未登録の携帯ナンバーが表示されていた。

職業柄、めずらしいことでもないので、訝《いぶか》りもせず受話のアイコンをタップする。

「はい、柴田です」

『おー、元気にしてるかー？』

耳に飛び込んできた声に、知らず知らず眉根が寄った。

受話口から聞こえてくるのは、忘れもしない、先週聞いた佐治の声だ。

『なんだよ、電話出られんのかよ。おまえ、ちゃんと仕事してんのか？』

「……してますよ。編集部で原稿書いてました」

『それだよ、それ。だから優等生ってのは困るよなー、原稿なんてどこでも書けんだろ？　ネタ追っかけて走り回っててこそ、週刊誌の記者だろうが』

やれやれ、とでも言いたげな口調に、柴田はむっと唇を曲げた。

『まあいいや。とにかく今は、暇にしてるってことだよな？　そしたら、ナンパしに行くぞ』

「……え？」

『三十分後に恵比寿《えびす》の西口、ロータリーのあるほう。おまえのフルヌード、駅前でばら撒かれたくなけりゃすぐ出てこいよ』

「ちょ……っ、ちょっと、待ってくださいよ！」

『安心しろよ、ぜんぶ綺麗に現像してっから。じゃあなー』

ぶつっ、と一方的に通話は途切れ、柴田は開いた口が塞《ふさ》がらなくなった。隣の宇野が、なにごとか、とこちらを見ている。

「——ちょっと俺……取材に出てきます……」

「え？　ああ、行ってらっしゃい……？」

不思議そうな顔の宇野を残して、柴田は取るものも取りあえず編集部を走り出た。


一日じゅう書きなずんでいた原稿は、代々木《よよぎ》で山手線に乗り換えるまでの十分で書き終わった。

仕上がった原稿をメールでデスクの熊谷に送り、乗り換えのホームで、連絡をしようとしていた芸能事務所の関係者——藤城イツキと共演していた若手女優のマネージャーに電話をすると、留守番電話につながった。訊《き》きたいことがあるので話したいとメッセージを吹き込み、電車に乗る。

七分後、恵比寿駅に降り立ったときに熊谷からメールの返事が届いた。取材に出ると伝えた柴田にあてて、「鋭意飲め」とのお達しが書かれている。夕方からの取材といえば、ネタ元と飲むと相場が決まっているからだ。

でもそういえば、と考える。

ナンパだと言って呼び出されたが、佐治は編集部でも一目置かれているスクープ撮りのカメラマンだ。ずいぶん言い方は違っていたが、暇さえあれば人に会え、腹を割って飲めと奨励している熊谷と、言っていることは同じに思えた。

もしかすると今日は、街頭で聞き込みをしようというだけなのかもしれない。

それならそうと言ってくれればいいのに、と思っていると、ポケットの中でスマートフォンが震えた。取り出して見ると、着信の表示は、さきほど留守番電話にメッセージを入れておいたマネージャーだ。業界では顔の広い、五十嵐《いがらし》という男。

「はい、柴田です。五十嵐さん、お忙しいところすみません」

コールバックへの礼も言い終わらないうちに、手の中にあったスマートフォンは、ひょいと背後から取り上げられた。

「え、五十嵐さん？　ひっさしぶりだなー、元気？」

勝手に人の電話で喋《しゃべ》っているのは、いつのまにか柴田の後ろに立っていた佐治だ。

「この電話？　ああそう、『週刊ズーム』のルーキー。うん、ちょっとね……思うとこあってさ。それより美波《みなみ》ちゃん、こないだのドラマ、調子よかったらしいじゃん。可愛かったもんなあ、今度水着撮らせ……え？　ダメ？　相っ変わらず厳しーなー、五十嵐さんとこは」

楽しげに電話口に出ている佐治は、先週、スタジオではじめて会ったときとは、別人のようななりをしていた。

長めの黒髪は艶やかに撫でつけられ、伸び放題だったひげはすっきりと剃《そ》られている。白いリネンのシャツに、ベージュのコットンパンツという服装にも爽《さわ》やかな大人の色気があって、改札に向かう妙齢《みょうれい》の女性たちが、ちらちらと振り返っているほどだ。

そんな秋波《しゅうは》には目もくれず、佐治はあれよあれよというまに電話を切り上げてしまう。

「まあ今度、またゆっくり飲もうや。……了解、また連絡するわ。それじゃーな」

あまりにも見違えた佐治の姿に目を奪われていると、佐治は通話を終えたスマートフォンを、ぽいと放るようにこちらに寄越した。

「うわっ……ちょっと、なにやってんですか、人の電話で。取材の邪魔しないでくださいよ」

「おまえこそなにやってんだよ。芸能事務所に電話して、藤城イツキの乱交パーティーについて調べてるんですけど~とか言うつもりだったたんじゃねえだろうな？」

「う……」

「当たらずとも遠からずってとこか」

佐治は、やっていられないというふうに肩をすくめた。

「おまえアホか？　芸能事務所なんかにふっかけたら、そこのタレントが関わってたとき真っ先に揉《も》み消されるだろうが。馬鹿正直に正面突破するのばっかりがいいことじゃねえぞ、わかってんのか？」

　言われてみれば、たしかにそうだ。指摘されてしまうと、反論もできない。

「……すみません」

　謝ると、「まったくなあ」と呆《あき》れたような声が返る。

「賢いはずなのになぁ、お勉強しかできねえのな。おまえ、ほんとに童貞じゃねえのか？　ナンパしようってのに、ガキみてえなカッコしてきやがって」

「や……やめてください……！」

　気に入っているボーダーのシャツを引っ張られそうになり、柴田は慌てて佐治の手を避けた。取材方法に対する指摘で見直しかけたところだったのに、センスまで子供っぽいと馬鹿にされると、腹立たしさが再燃する。

「仕方ないじゃないですか、今日は一日、編集部で情報収集しようと思ってたんですから。っていうか佐治さんこそ、気合い入りすぎですよ」

「当ったり前だろ、ナンパなんだから」

「え……ナンパって、もしかして本気で……？」

「本気以外になにがあんだよ」

　どのへんで狙うかなー、ときょろきょろしている佐治を、柴田は半眼《はんがん》で眺めた。――帰ろう。

「すみませんけど、俺、今彼女作ろうとか、そういう気持ちないんで。失礼します」

ぺこりと頭を下げて立ち去ろうとすると、佐治は「おいこら」とこちらの腕をつかんでくる。

「勝手に帰ろうとしてんじゃねえよ。ひとりだと、成功するナンパも成功しなくなるだろうが」

「だから、それは別なお仲間を呼んでくださいって。俺は仕事中だったんですよ、忙しいんですよ。ナンパしてるほど暇じゃないんです」

「へー……？」

佐治は顎を上げ、見下《みくだ》したように柴田を見ると、急に声を大きくした。

「いいのかなー、だったらこのあいだの写真、この場でばら撒いちゃおっかなー」

「な……」

「たっくさん焼き増ししてきたもんなー。柴田くん、恥じらいのフルヌー……」

「わああっ!!」

佐治がポケットから一枚だけ出して見せた写真の端っこは、たしかに肌色だった。まさか、はったりでなかったとは——しかし、この男ならやりかねない。

「わかりましたよ！　やればいいんでしょう、ナンパ！」

「おお、さすが優等生は理解が早いな」

にやにやと笑う佐治に反抗すれば、また全裸写真のことを持ち出されそうだった。しぶしぶ、しばらくは佐治の無茶ぶりにつき合う覚悟を決める。

ちょうどオフィスから出てきた人たちで、駅前は賑《にぎ》わう時間だった。

だが柴田は、これまでの人生で、ナンパなんてしたことがない。

見渡せば、さすが恵比寿と言おうか、小綺麗なOLふうに、背の高いモデルふう、制服姿の女子高生すら、やたらと顔面レベルが高かった。

決して女性経験が豊富とは言えない柴田は、完全に後込《しりご》みしてしまう。

「おら、情けねーツラしてんじゃねえぞ。そんな端っこのほうでぼんやり突っ立ってて、女が捕まるわけねえだろうが」

問答無用で腕を引かれ、柴田はロータリーのほうへと引きずり出されながら抵抗した。

「おっ……俺には、俺のやりかたがあるんですってば……っ」

「まあどっちにしても、俺といる以上、あんまり隅っこのほうへは行かねえほうが身のためだぞ。おまえが格闘技かなんかの達人だっていうなら別だけど」

「どういうことですか」

佐治は、柴田の身体を引き寄せると、ぐいと肩を抱いてきた。耳元に唇を寄せて、声を低める。

「隅っこにいて、暗いとこに引きずり込まれても知らねえからな。駅のホームも端っこ歩くなよ」

「え……」

ぞっと背筋がつめたくなった。

ゴシップ記者には常に、人目につかないところにいれば連れ去られ、ホームの端を歩いていれば突き落とされる危険があるということだ。

「話には聞いてましたけど……そんなこと、ほんとにあるんですね」

「当たり前だろ。俺らは人のプライベート売って飯《めし》食ってんだからな、恨《うら》まれてなんぼの商売だよ」

なんでもないことのように言う佐治には、本当にそういう経験があるのだろう。あれだけ人の素顔や悪事を暴いていれば、ほうぼうから恨みを買っていてもおかしくない。

「なんだ、怖《こわ》くなったか？」

意識を戻すと、こちらの肩を抱いた佐治がにやついている。

怖がっていることを見透かされたのはもちろん、思った以上に近い距離に狼狽《ろうばい》して、柴田はそっぽを向いてしまった。

「そんなわけないじゃないですか」

「別に、怖がってても笑いやしねえぞ？」

「だから、怖がってませんって」

「そうか？　ちゃんと怖がるべきだと思うけどな、俺は」

「へ？」

予想もしなかった言いぶんに、柴田はきょとんと横を見る。

だが佐治は、すでにこちらを向いてはおらず、柴田の肩から腕を解いてしまった。

「このへんでいいか」

佐治は機嫌のいい声で言うと、ロータリー脇の柵《さく》に腰を預けた。

「よーし、あとは任せた。がんばれよ」

「は……!?」

女の子に声をかけろと、当然のように身振りで示してくる佐治に、柴田は声を荒らげた。

「なに言ってるんですか。ナンパするぞって言い出したの、佐治さんでしょう」

「そうだけど？」

「だったら、佐治さんが自分で声かけてくださいよ」

「えー、なんで俺が」

「こっちの台詞ですよ！　なんで俺が、やりたくもないナンパなんてしなくちゃならないんですか」

「……柴田くん、はじめての恥じらいフルヌード……」

「ぐっ……」

言葉を飲むと、佐治は得意げににいっと笑った。

腹の底から湧き上がる怒りを抑え、やけくそな声を上げる。

「あー、わかりましたよ！　やればいいんでしょう、やれば！」

「そう、やればいいんだよ」

「ったく、なんでナンパなんか……」

「顔がとびっきり可愛くて、おっぱいでかいのに声かけろー」

背後から、無責任な野次《やじ》が飛ぶ。

「……俺、あんまり胸でかいのは好みじゃないです」

「おまえの好みは聞いてねえんだよ。ほら、あの子！　あの子たちに声かけてこい！」

あんたの好みかよ、と言いたい気持ちをぐっと堪え、佐治が指したほうを見る。

そこを歩いているのは、艶やかに長い髪を巻いた色白の女の子と、長い手足がうつくしい、ショートカットの女の子の二人連れだった。

二人とも、整った容姿《ようし》にはオーラがあって、あたりの女の子の中では間違いなく一番可愛い。

「ほら、さっさと行けって」

「……わかりましたよ……！」

完全にやさぐれて、柴田は女の子たちのほうへと向かっていった。

「あ……あの」

声をかけると、巻き髪の女の子が柴田のほうに顔を向ける。

「はい？」

――うわ、本気で可愛い。

後先考えずに声をかけてしまったが、あらためて緊張した。口を開こうとするものの、どんな言葉を続けるべきなのか見当もつかない。

「あ……あのですね、その……」

新聞部で鍛《きた》えたはずのスキルは、さっぱりと言っていいくらい使えなかった。

当然だ、と柴田は思う。取材はナンパとは違う。相手がどんな人なのかも知らず、どんな話をすべきかもわからないのに声をかけるなんて、柴田にはハードルが高すぎた。

「ええっと、俺、今日は仕事仲間とここに来てて……よかったら、食事でも、っていうか」

しどろもどろに状況を説明する柴田を、女の子たちは明らかに不審《ふしん》がっているようだった。

眉をひそめたショートカットの女の子が、「……ね、行こ？」と小声で巻き髪の子を促《うなが》している。

「あ、いえ、怪しい者じゃないんです！」

焦《あせ》った柴田は、つい女の子たちのほうへと一歩、踏み込んでいた。

女の子たちが、怯《おび》えたように一歩退く。

失敗した、と思ったときにはもう遅く、柴田は失地を回復する術《すべ》を持たなかった。柴田くん、恥じらいの……という佐治の声が脳裏《のうり》をよぎる。

だからその声が聞こえたときには、柴田は本気で飛び上がった。

「ったく、柴田くんはしょうがねえなあ」

「さ……佐治さん……！」

振り向くと、嘘くさいほどに爽やかな笑みを浮かべた佐治が立っていて、柴田はそのことにもまた目を剝いた。

「怖がらせちゃってごめんね。いや、こいつがね、お姉さんがたがあんまり可愛いから、あんな人たちとお知り合いになれたらいいなあって言ってるの聞いちゃって。俺がけしかけちゃったんです、と

りあえず声かけてみろよって」

——……誰？

百八十度の変貌《へんぼう》ぶりに、柴田はあんぐりと口を開けた。

佐治のふだんの姿を知らない女の子たちは、「えー、やだあ。ほんとですか？」などと、頬を桃色に染めている。

「ほんとだって。なあ、柴田？」

「あ……は、はい……」

「こいつ、賢くていいやつなんだけど、ちょっと奥手でさ。俺の仕事仲間っていうか、相棒で……知ってる？　出版社の、興学社ってとこ」

「興学社って……あの、『Key』とか出してるとこですか？」

巻き髪の子が、自社の発行している赤文字系の女性誌名を口にした。ようやく相槌《あいづち》が打てるタイミングを見つけ、柴田は勢い込んで「そうです」とうなずく。

そんな柴田の肩に手を置いて、佐治はにこにこと続けた。

「こいつね、そこの社員なんだ。で、俺は、こいつと一緒に働いてるカメラマン」

「えーっ、編集さんと、カメラマンさんなんですかぁ？」

「ち——違うんです。俺は……」

まるで『Key』の編集者と、そのカメラマンであるかのような紹介のされかただ。

女の子たちの勘違いを正そうとした柴田の足を、佐治が思い切り踏みつけた。

「痛《い》って……！」

「そうそう、『Key』の編集長、俺の友達なんだよね。読者モデルちゃんも仲いい子いっぱいいるよ」

「えー、ほんとー!?」

女の子たちは、きゃあっと黄色い声を上げる。

じゃあもしかして、お兄さんたちアヤちゃんのこと知ってるかな、モカちゃんは？　とはしゃいで話し合いはじめる彼女たちを横目に、柴田は佐治を肘でつついた。

「ちょっと……佐治さん、どういうつもりですか！」

「は？　なにが」

「なにがって……この子たち、俺らのこと『Key』の関係者だって勘違いしてるじゃないですか」

「なに言ってんだよ、じゅうぶん関係者だろ？『Key』はおまえの会社が出してる雑誌だし、俺は今、そのおまえと一緒に動いてるカメラマンだし」

「ええ……？」

それでいいのか？　と柴田が渋い顔をするそばで、佐治はさらに女の子たちに微笑《ほほえ》みかける。

「アヤちゃんね、知ってる知ってる。あ、でも、お姉さんたちも可愛いから、どこかの読モさんかなと思ったんだけど。アヤちゃんのこと知ってるってことは、もしかして当たり？」

「わぁ、さすがですね」

巻き髪の子が手を叩くそばで、ショートカットの子がうなずく。

「そうなんです。二人とも、別の雑誌の読モ。アヤちゃん、『Key』の読モだったんですよね？　私たち、アヤちゃんの事務所の後輩で」

「へ……えっ……？」

芸能界に疎《うと》い柴田でも、自社の発行しているものに関することならある程度わかる。『Key』の元読者モデルでアヤといえば、最近バラエティ番組などでも人気が出てきた、タレントのアヤのことだ。

期せずして芸能界につながった話の流れに、柴田は驚いて目をぱちぱちさせた。

ちらりと佐治のほうを見やると、ごく小さな声で「このへん、芸能界に足突っ込んでる子が多いからな」と耳打ちされる。

「……嘘だろ……」

柴田は呆然《ぼうぜん》と呟いた。はじめからこうなることを予測して、「一番可愛い子をナンパしろ」と言ったのだろうか。佐治の行動がどこまで考え抜かれたものなのか、柴田には読めなくなった。

いや、読めなくなったのは、行動だけではない。『Key』の編集長と友達だと言い出したときには、彼女たちを騙《だま》してまでナンパするつもりかと軽蔑《けいべつ》するところだった。が、その言葉もあながち嘘ではないのかもしれない。

だらしないかと思えば爽やかに装うこともでき、助平《すけべい》なだけかと思えば、その裏には作戦がある。

佐治の本当の姿が、柴田にはまったく見えなくなった——のだが。

「おい、柴田。店探せ」

肩を小突《こづ》かれ、柴田ははたと正気に戻った。

「は……はい？」

「ここから近くて、今から四人入れて、女の子好きのしそうな飲める店。早く」

「は——？」

気がつけば、四人で飲みに行く話がまとまっていたらしい。柴田は、スマートフォンでグルメアプリを操作しながら、女の子たちと話す佐治の様子をうかがう。

「そっかー、ミカちゃんはエスニックもいけるんだ。コズエちゃんは？　なに食いたい？」

やに下がった顔で女の子たちと話しているところを見ていると、やっぱり佐治は、ただ可愛い子と飲みたかっただけであるようにも思えてきて——。

「なにやってんだよ、さっさとしろよ」

女の子たちの死角で軽く肘鉄を食らい、柴田は本格的に、佐治のことがわからなくなった。


女の子たちは、巻き髪のほうが実花《みか》、ショートカットのほうがこずえと名乗った。

「へー、じゃあ二人とも、事務所に顔出した帰りだったんだな」

言いながら、佐治はビールをぐいと呷《あお》った。柴田が調べて移動した、恵比寿駅近くの個室ダイニングだ。四人が座る個室の奥は、店の中央にある大きなアクアリウムに接していて、鮮やかな色の熱帯魚がゆったりと泳ぐのが見える。

「うん、そう。最近、仕事減ってきちゃって」

巻き髪の実花は、しゅんとしたようにシャンパンのグラスに口をつけた。

「私たちも、もう二十五だもんね。そろそろやめどきなのかなあ」

実花の隣で、ショートカットのこずえも、吐息混じりに小海老《こえび》のカクテルサラダをつまんだ。

「そんなことないでしょう。お二人とも、こんなに綺麗なのに」

思ったままを口にすると、実花とこずえが目をぱちくりさせた。

なにかまずいことを言ったか、と思っていると、二人はどっと笑い出す。

「やだなー、柴田くん。いいんだよ、お世辞《せじ》なんて言わなくて」

「お世辞じゃありません」

「わー、可愛い。嘘つけないって感じ？」

「ほんっとに、馬鹿正直だよねえ。俺も困ってんの」

柴田の隣に座る佐治は、女の子たちと一緒になって浮かれたように笑っている。

――くそ、このおっさん……。

柴田はテーブルの下でぐっと拳を握った。あの子たちに声をかけたのも俺なら、店を探したのも俺なのに。すべて思惑《おもわく》どおりなのかもしれないけれど、それにしてはすっかり楽しみやがって。なんだそのデレデレした顔は。

いらいらと歓談を聞いていると、ビールのグラスを空けた佐治が、「でもまあ、芸能界も怖いって聞くからね」と言いつつ、こちらに目配せをしてきた。

「こないだ知り合ったモデルちゃん、友達同士の飲み会だって聞いて行ったら、乱交パーティーだったって言ってたな。実花ちゃんもこずえちゃんも、可愛いんだから気をつけてよ?」

佐治が女の子たちに振った話題に、柴田はなるほど、と納得した。これを端緒《たんしょ》に、藤城イツキの話を聞き出そうとしているのだ。

目配せされて、アシストせよという指示だろうと解釈し、柴田はテーブルの上に身を乗り出す。ところが佐治は、小さく首を振り、空《から》になったグラスを指先でつついた。なんだ、追加注文かよ。

ぶすくれて店員を呼び、オーダーをしているうちに、実花が「ありがとうございます。でも、私たちは大丈夫ですよ」と存外しっかり言った。こずえも、「だよね。私たちのまわり、そういうタイプの人いないし」と同意する。

「でも、友達の友達が、ってことあるでしょ。男は怖いよー、いつ豹変《ひょうへん》するかわかんないから」

広げた手の指先だけをわきわきと動かし、佐治は狼《おおかみ》の牙を連想させるジェスチャーをした。

実花は、ふふっと花が揺れるように笑い、愛らしい上目遣いで佐治を見る。

「佐治さんも豹変する?」

「もちろん。でも俺は、紳士だからさ。豹変は、ちゃあんと許可もらってからにするよ？」

やだあ、と楽しげに笑う女の子たちのかたわらで、柴田は、嘘つけ、と胸中で舌打ちをする。なにが許可もらってからだ、前触れもなく豹変したくせに。

「でも……たしかに、そういう話なら聞いたことあるかも」

ぽつりと言ったのは、こずえだった。

「へえ……やっぱりあるんだ、そういうこと？」

佐治がおだやかに促すと、こずえは、「うーん」と記憶をたどるように宙を見上げた。

「六本木《ろっぽんぎ》……だっけな。なんだか、けっこう有名な人ばっかり集まるパーティーだって」

「そういえば私も、聞いたことあるな。行ったたって言ってたの、ナナちゃんじゃない？」

「えっ、ナナちゃん？　ほんとに？」

佐治は今度は、食いつくように訊き返した。その勢いに驚いたのか、問われた実花は、「うん、最近あんまり顔見ないけど……」と大きな目を瞬かせる。

「おい、聞いたか柴田！」

「は……はい？」

「よかったな、ナナちゃん、知ってる人いたぞ！」

「へ……？」

ばんばんと背中を叩かれながら、柴田は豆鉄砲を食らった鳩《はと》のような気分になった。ナナって誰だ、そんな子は知らない。

「いやー、実は俺たち、そのナナちゃんを捜《さが》してでさ。柴田の、忘れられない初恋の人だっていうんだよ。な、そうだよな、柴田？」

こちらを向いた佐治の目はかっと見開かれていて、話を合わせろ、と言外《げんがい》に告げていた。

「え？　あ、そ……そうです、俺の、忘れられない初恋の人なんです」

「うそー、ナナちゃんが？　でもナナちゃん、地方の出身だって言ってたけど」

「え……？　そういえば俺も、地方の出身で……」

どこだっけ、ナナちゃんの出身地、と実花とこずえが言い出したので、柴田は肝《きも》を冷やした。どこでしたっけ、なんて訊かれて適当に答えようものなら、あとから話の整合性が保てなくなる可能性が高い。頼む、訊かないでくれ、もしくは正確に思い出して教えてくれ。

身体に悪そうな汗をかいていると、横にいる佐治が、「だったら、おまえがナナちゃんのこと好きだったのって、けっこう昔の話か？」と助け船を出してくれた。

「ああ……まあ、そうですね、十年くらい前……？　向こうも俺のこと、覚えてるかどうか」

ほっとして話をぼかすと、実花が「わあ、やっぱり柴田さんって純情なんだ」と歓声を上げる。

「そう、純情なやつだから、あんまり泣かせたくなくてさあ」

佐治は、柴田の手から追加のビールを受け取りながら、しゃあしゃあと言った。どの口が。

「どーしてももう一回ナナちゃんに会いたいんだって。恵比寿で見たっていう情報を頼りにね、今日も捜すの手伝ってやってたんだけど……ナナちゃんって子も、読モ仲間なら可愛いんでしょ？」

「ナナちゃんはね、女優の卵だったの。ドラマとかにちょこちょこ出てたかな」

「へえ、読モちゃんの友達は女優さんか。読モちゃんや女優さんの卵だったら、かなりのイケメンとつき合ってんだろうなあ」

「えー、どうだろ？　人それぞれだよねえ」

くすくす笑い合う女の子たちに、佐治は調子に乗ったように続ける。

「そっかぁ？　あーあ、乱交パーティーもいいけど、俺もさあ、藤城イツキみたいなイケメンに生まれてればなあ。俺だって、実花ちゃんやこずえちゃんみたいな子とつき合ってみたかったもん」

悔しげに言う佐治に、女の子たちは「佐治さんもかっこいいよ」と慰めの言葉をかけている。彼女たちの態度からすれば、かならずしもその場しのぎの台詞ではないのだろう。

ひとしきり笑ったあとで、こずえが思い出したように言った。

「でも……そういえばナナちゃん、藤城イツキとつき合ってるって噂なかった？」

「え、そうなんだ？　柴田、おまえ、ナナちゃんに二度目の失恋確定だな」

「勝手に失恋させないでくださいよ……」

「大丈夫だよ、柴田さんならすぐ、素敵な彼女できるよ」

実花とこずえにも憐《あわ》れむような目で見られ、なんだか居たたまれない心地がする。

その一方で、今までの会話を振り返ると、「藤城イツキが乱交パーティーを開いている」というただの噂が、じわじわと輪郭《りんかく》を持ちはじめていることに驚く。

ひとつめ、有名人による乱交パーティーは本当に行われている可能性が高い。

ふたつめ、その乱交パーティーが行われている場所は、おそらく六本木。

みっつめ、乱交パーティーには、ナナという女優の卵が参加していた。

よっつめ、ナナは藤城イツキとつき合っているという噂があった。

いつつめ、ナナは、最近界隈に姿を見せなくなった。

一週間かけてなにひとつ情報を増やせなかった柴田からすれば、衝撃の展開だ。たとえここで得られた情報が間違っていたとしても、少なくともこれで手がかりができた。

柴田はつい、実花とこずえを大仰《おおぎょう》な身振りで笑わせている佐治に目をやった。佐治が彼女たちとの話を盛り上げているのを見ると、これが狙ったネタは確実に仕留めるという彼の技なのかもしれないとも思えてくる。

初対面のときにだらしないところを見せられて、おまけにひどい無茶振りをされたから、今まで佐治のことは、なんとなくぞんざいに考えがちだった。

けれど、もしかすると——いや、やはりというべきか。

佐治は、あの素晴らしい報道写真を撮った、第一級のカメラマンなのだ。本当はすごい人物なのだ。

高揚《こうよう》した柴田は、佐治の会話のテクニックを盗もうと、熱心に彼の話を聞いていた。

けれど、そこからの佐治の話ときたら、九割が猥談《わいだん》、残り一割が業界ネタだった。それでも実花とこずえは笑っていたのだから、結果、柴田が学び取ったのは、いやらしい話をしても女の子に嫌われないテクニックだけだ。

それはそれで役に立ちそうな気もするが、それは、女の子がぽうっと見とれてしまうほどの顔立ちがなければ成立しないテクニックだということも同時にわかった。つまり佐治は、終電の時間が迫るころには、すっかり実花とこずえの心をつかんでいたのだ。

「今日はつき合ってくれてありがとね」

佐治の指示でトイレに立たされ、ついでに会計をして戻ると、入り口にカーテンの引かれた個室の向こうで、当の本人は女の子たちに名刺を渡しているところだった。

「俺ね、スタジオもやってんの。知り合ったのもなにかの縁だし、今度、宣材《せんざい》写真撮ったげるよ」

「いいんですか？」

「もちろん。暇な日あったら連絡ちょうだい」

息をするように女の子たちと連絡先を交換している佐治の声に、嫉妬《しっと》めいた感情を覚える。

ナンパだなんて言いながら、情報を引き出す高度なテクニックだと思っていたけれど……やっぱり、ただのナンパじゃないのか？

「ありがとうございます。絶対、連絡しますね」

うれしげな実花の声が聞こえてくる。

油断も隙《すき》も、あったものではなかった。

柴田は、隠すことなく舌打ちをした。


それから数日後――。

「熊谷さん、会議室、いいですか？」

柴田の言葉に、熊谷はちょっと眉を上げた。

会議室での報告が提案されるのは、大きなスクープが取れそうだという暗号のようなものだ。情報が思わぬ経路で拡散するのを避けるため、ほかの班や記者にもわからないよう、ひとまずはネタをつかんできた記者と、上長だけで相談の機会を設ける。

熊谷もそれをわかって、柴田の報告に期待したのだろう。会議室に入るなり柴田に訊いた。

「藤城の件か。進捗《しんちょく》は？」

「はい。藤城イツキの乱交パーティー、かなり状況がつかめてきました」

会議室の長机についた柴田は、取材ノートをめくりながらわかっていることを話しはじめた。

ナンパやキャバクラで話を聞いた女の子たちの証言を総合すると、乱交パーティーに参加している有名人は、藤城イツキだけではなかった。

音楽番組に出ると視聴率が跳ね上がるというロックバンドのボーカルに、バラエティ番組で引っ張りだこのイケメン弁護士、人気絶頂のアイドルグループのセンターに、二世俳優、テレビでよく見かける若手議員。どのメンバーも、トップレベルの売れっ子だ。

報告を聞いた熊谷も、最初は子供のように目を輝かせて聞いていたものの、次々と挙がるビッグネームに次第に表情を曇らせた。

「おいおい……正気か？　どいつもこいつも、ひとりのスキャンダルだけで特集組めるぞ」

「そうなんです。ただ、その開催場所が、六本木あたりのマンションらしいってところまではつかんだんですけど、それが正確にどこなのかは、半月かけても割れなくて――」

すみません、と頭を下げると、熊谷は「じゅうぶんだ」と力強く肯首《こうしゅ》した。

「業界が尻尾《しっぽ》すらつかめなかったネタだからな。新人ってことを差し引いてもお手柄だ」

「ありがとうございます」

「本当にすっぱ抜けたら、えらいことになるぞ」

熊谷の渋面《じゅうめん》が、だんだんと興奮の色に塗り替えられていく。その反応を見ていると、手にしているネタの大きさがあらためて感じられ、身体の中心をぞくぞくと駆け抜けていくものがある。

ネタを引き継いだ直後は、嫌《いや》がっていたはずのセックス・スキャンダルだった。それなのに、柴田はたしかな手応えを感じていた。霧のようだったただの噂を、記事に練《ね》り上げているという感覚。ほかでは決して味わえない快感だった。

「引き続き追ってくれ。頼むぞ」

「わかりました」

ノートを閉じ、席を立つ。

会議室を出しな、熊谷が「それにしても」と声をかけてきた。

「まさかおまえが、佐治を現場に引っ張り出してこられるとは思わなかったな」

二週間前、佐治とはじめて恵比寿にナンパに行った翌日、腹を決めて佐治が動いてくれることになったと報告すると、編集部はどよめいた。佐治が現場に戻るということは、それくらいのインパクトがあることだったのだ。

「もしかすると、本当に特大スクープが取れるかもしれんぞ」

機嫌のよさそうな熊谷に、ゆるみそうになる頬を抑えて控えめに言った。

「そうなるといいんですが」

熊谷は興味津々《しんしん》といった様子で、編集部に出るドアを開けた柴田の顔を覗き込む。

「柴田、おまえ、佐治を引きずり出すのにどんな手を使った？」

「えっ……」

訊かれた瞬間、手元がおろそかになってしまったようだ。その拍子に、ドアの隙間に指を挟《はさ》み、柴田はその場で悲鳴を上げた。

「痛って――……！」

「おいおい、大丈夫か？」

悶絶《もんぜつ》する柴田を見て、熊谷が心配そうな声を出す。

――この写真が、どうなってもいいんならな。

佐治のにやついた顔を思い出し、かっと腹の底が燃えた。

彼を口頭では説得できず、交換条件としてヌードを撮られ、取材に協力してもらっているだなんて
……そんなことは、絶対に言えない。

「なんだ？　柴田、気分でも悪いか」

熊谷の訝る声に、柴田は知らないうちにしゃがみ込んでいた床から飛び上がった。

「な……なんでもありません！」

「特ダネ追ってて、時間がないのはわかるがな。ぼーっとして、スクープ目前で事故、なんてことのないように気をつけろよ」

「は、はい……」

「ああそうだ」

熊谷は、気がついたように言葉を継いだ。

「佐治に、このスクープ取れたら、提案した金額よりギャラ増やしてもいいって言っといてくれ。破格の扱いだぞ、よろこんで仕事しろってな」

「あ……はい、伝えます」

「これに味を占めて、現場に戻ってくれるといいんだがなあ」

笑いながら、熊谷は柴田の肩に手を載せた。

「がんばれよ。期待してるぞ」

このネタが取れたら、事件班に行ける。憧れのジャーナリストに、一歩近づける。

「……はいっ、がんばります！」

柴田は、意欲に満ちてうなずいた。

3

その翌週末。

金曜の夜というだけあって、六本木の街は華やいでいた。

ひと月も同じことをしていれば、ナンパにだって慣れてくる。

金曜の午後八時過ぎ、会社帰りの飲み会はもうはじまっている時間だ。このタイミングで外を歩いている二人連れの女の子なら、ナンパの成功率も高い。

それを狙って、今夜、柴田と佐治は、首都高三号線の下にある地下鉄の駅の出口で、女の子を見繕《みつくろ》うことにした。

「……ちょっと、佐治さん」

苛立《いらだ》ちを隠せず、柴田は背後を振り返る。

「……あー？」

呼ばれた佐治は、歩道の横断防止柵に大人げなく腰を下ろしていた。

今日の佐治は、恵比寿に行くときよりも若作りな格好だ。黒いイタリアンカラーのポロシャツに白いインナーを重ねて着て、ダークグレーのパンツを穿《は》き、眠たげな目つきで走る車を眺めている。

一方の柴田は、手持ちの洋服の中からではあるが、少しでも大人っぽいものを選んで着ていた。黒のスラックスと白いTシャツに、羽織り物はカーキのシャツ。最初のナンパのとき、佐治に子供っぽいと指摘されたのを密かに根に持っているのだ。

「あー、じゃありませんよ」

嘆息して、柴田は佐治に向き直った。

「ちょっとは協力してくれてもいいじゃないですか。女の子に声かけるの、いつも俺ですよ」

「新人には経験が必要だろ？」

「これだけやればじゅうぶんです。それよりいい加減、もうちょっと突っ込んだ情報でも手に入れないと……」

駅の出口に目を戻すと、じんわりと胃が痛んだ。

このネタを任せてもらってからというもの、すでにひと月以上が経っている。

佐治の参加で好発進したかに思えた取材だが、先週の月曜、デスクの熊谷に報告してからの二週間で、芳《かんば》しい成果は得られなかった。

期待してるぞという熊谷の激励は、素直にうれしいと思えた。

しかしその言葉は、だんだんと時間が経つにつれ、重みを持って柴田の中に響いてきた。

ひと月の時間と、多額の取材経費を使っているのだ。

にもかかわらず、集まったのは、実際にパーティーが行われているらしいという話だけ。

地道に証言の裏を取りながら、開催場所や関係者などの具体的な情報を手に入れられない限り、今の状態では写真も撮れない。

早く、決定的な情報にたどり着かなくては——気持ちばかりが急《せ》いているのか、あるいは、ほかの取材との並行に疲れてきているのだろうか。昨夜《ゆうべ》も短い睡眠時間は取れたが寝つけず、なんとなく身体が重かった。

こっそりとため息をついていると、「おい、柴田」と出し抜けに呼ばれた。

「は……はい？」

へこたれているところを見られた気がして、決まりの悪い思いで振り返る。

と、その先にあった佐治の表情が一変していて、胸のあたりがひゅっとなった。

射るような鋭い視線は、赤信号の交差点に向けられている。

「ナンパは中止だ」

佐治は、交差点から目を離すことなく言った。

「え？　いいんですか、せっかくの金曜……」

「車まで走れ！」

「えっ……は、はいっ……！」

柴田の返事を聞かないうちに、佐治は彼の車を停《と》めてある駐車場へと向かって走り出した。訳がわからないままに、柴田もつんのめるようにして走り出す。

佐治の車は、交差点からさほど遠くない駐車場に停めてあった。機材を積んだり、張り込みをしたりするためだろう、大きくて車高が高く、角ばった印象の黒いＳＵＶだ。

駐車場の清算を済ませ、バタバタと助手席に駆け寄る。すでに運転席に乗り込んでいた佐治は、柴田がドアを閉め終わるのを待たず、車を急発進させた。

「ちょ……っ、なんですか、突然……！」

急なダッシュに息を弾《はず》ませていると、佐治は狩りをする獣の目で前方を睨んだまま、「藤城イツキのマネージャーだ」と短く答えた。

「マネージャー？　どうしてわかるんで……わっ」

佐治はハンドルを切りながら、彼のスマートフォンを放って寄越す。

「アドレス帳で、藤城イツキの名前呼び出してみろ」

「はあ……藤城、イツキ……うわ、なんですか、これ！」

呼び出したアドレス帳には、びっしりと情報が書き込んであった。藤城イツキの本名、携帯の番号、住所、誕生日。乗っている車の車種、色、ナンバー……マネージャーの名前や住所、連絡先まで書かれている。

「二台前の車な、ヤツのマネージャーの車だ」

「はっ？」

「照合してみろ。間違ってねえだろうが」

あいだに車が入っているので、ナンバーは見えにくい。

だが、たしかに二台前の車は、アドレス帳に書いてあるとおりの黒いセダンだ。

後部のリアガラスにはスモークフィルムが貼られていて、よくよく見れば芸能関係の人間が乗る車
に見えなくもない。

とはいえ、ぱっと見でそんなことがわかるほど特殊な車両では決してなかった。

「もしかして……佐治さん、マネージャーの車のナンバーまで覚えてるんですか⁉」

「当ったり前だろ。仮《かり》にも芸能記者名乗るなら、車のナンバーの五十台ぶんや百台ぶん、そらで言えるようにしとけっつーの」

ということは――柴田は、こくりと唾を飲む。今まで柴田にナンパをさせているかたわらで、佐治がぼんやり景色を眺めていたのは、ずっと車のナンバーをチェックしていたからなのだろうか。

問いただそうと運転席のほうを向くと、交差点の信号で車が止まった。

「このコースなら、藤城イツキの自宅だな」

運転席に座る佐治は、舌なめずりでもしそうな顔をしていた。ハンドルに寄りかかる姿勢は、獲物に飛びかかろうとする直前、草むらで身体のばねを撓《たわ》めている肉食の獣のようだ。

「気づかれても面倒だし、先回りすっか」

「先回り？」

「気をつけろよ。アホみてーに口開けてると、舌嚙むぞ」

「……っ、わ……！」

佐治が大きくハンドルを切ると、ぐわんと身体が傾いた。体勢を立て直すような暇もなく、加速のGが柴田の身体を座席のシートに押しつける。

――マネージャーのナンバーどころか、自宅への裏道まで覚えてんのかよ……！

佐治は鮮やかなハンドルさばきで、夜の六本木を走り抜けていく。

柴田は佐治の忠告どおり、しばらくは口をつぐんで、車の行く道の先を見つめていた。


六本木から南に十分ほど走ると、周囲は大きな大使館の建物ばかりになる。

地名でいうと、元麻布《あざぶ》か、南麻布かといったところだろう。

佐治の駆るSUVは、瀟洒《しょうしゃ》な高級マンションが並ぶ区画に入り、目的の建物から少し離れた道の端にゆっくりと止まった。

「ここ……藤城イツキの住んでるマンションですよね」

アドレス帳の住所とスマートフォンの地図を見比べながら、柴田は運転席に向かって訊いた。

「ああ」

佐治は答えながらも、マンションの前から目を離さない。

そこに、後部座席にスモークの貼られた黒いセダンがすべり込んできた。

ナンバーを見ると、たしかにさきほどの車だ。

「おー、お出ましだぞ」

佐治が、待ち構えたように前のめりになる。こちらからは死角になる、マンション側の後部ドアが開いたようだ。車の上にひょこりと現れた男の頭部は、キャップと眼鏡《めがね》で軽く変装してはいるが、間違いなく藤城イツキのものだった。

「佐治さんの言ったとおり、家に帰ってきましたね」

「——だな」

「えっと、マンションの部屋番号は……これか、１５５０。十五階の……？」

「あそこだよ、十五階の手前の角」

車の窓越しに見上げると、佐治が指差している先には、たしかに明かりの点いた部屋があった。

「この時間に仕事が終わってるってことは、これから遊びに出るかもな。ちょっと待ってみて、出てくるようなら追っかけるか」

「はい」

「おまえ、部屋の明かりが消えねえかどうか見てろ。俺はマンションのエントランス見てる」

「了解です」

佐治は車のエンジンを切り、ハンドルに覆《おお》いかぶさるようにもたれかかった。

運転席と助手席に並んで座り、担当箇所に目を凝らす。

東京の夜は明るかった。だが、照明もカーラジオも音楽もなく、暗いところでじっと息を潜めていると、自分の輪郭が次第にぼやけ、闇《やみ》に溶け出してしまうような心地がした。

「……住所、知ってたんですね」

沈黙に耐え切れず、柴田は小さく口を開く。

佐治は火の点いていない煙草を咥え、「当然だろうが」と低く返した。

「パパラッチやってるやつは、これくらいみんな知ってるよ。隠し撮りは、下見が命だからな」

「下見？」

「ああ。ここにだって何度か来てる。おまえとナンパしてたのは、藤城イツキが仕事で確実にいねえってわかってるときだけだ」

「あ……」

呼び出しのかかる日とかからない日があるのは、そういうことだったらしい。

佐治は、運転席のシートに背を預けた。

「ターゲットのSNSからヤサ割って、昼間と夜、どっちも見とくんだよ。人通りはあるか、隠れられそうな場所はあるか、光はどっちから来てるか。ターゲットの行動確認して、交友関係からよく行く店割り出して、スケジュール調べて、性格分析して、ぜーんぶ考え合わせた上でシミュレーションしてから、カメラ構えて待ってんの」

そういえば、と柴田はマンションを見上げながら、今乗っている車の中の様子を思う。

佐治の車は、いつ乗ってもすっきりと片づいていた。シートもダッシュボードも綺麗に保たれ、積みっぱなしの機材もない。ふだんだらしなく振る舞ってはいるが、根は几帳面《きちょうめん》な性格なのかもしれないと思えた。

「……カメラマンって、写真撮るのだけが仕事だと思ってました」

「まあ、そうだな。こんなしち面倒くせえことしてんのは、パパラッチか……あとは、ポートレート撮るやつくらいか」

ははは、とリラックスして笑う声には、驕《おご》りも気負いも感じられなかった。

編集部で佐治のスクープ写真を見たときの、ちりちりした嫉妬を思い出す。

佐治の撮る写真はどれも、奇跡的な瞬間を、偶然に捉えたものであるような気がしていた。けれどその奇跡的な瞬間に居合わせるには、綿密な準備と努力が必要だったのだ。

佐治は頭の後ろで腕を組み、めずらしくおだやかな口調で続ける。

「そんだけやっても、ターゲットが来ねえってことはままあるからな。そのへんは、スクープの女神が微笑んでくれるよう、祈るしかねえよ」

「……今回は、微笑んでくれるでしょうか」

「どうだかな」

「がんばります。微笑んでくれるように」

神妙な気持ちで言うと、佐治は小さく笑ったようだった。

そのあとは二人ともなにも話さず、自分の担当箇所を見張っていた。けれど不思議と、車中の沈黙は居心地が悪くなく、静かな時間が過ぎていく。

その沈黙を破ったのは、こんこんと窓をノックする音だった。

「えっ……」

ぎょっとして音のほうに目を向けると、制服を着た警察官が、運転席側のドアから車内を覗き込んでいる。パトロールの途中だろうか、彼の手は自転車を押していた。

「ちょっ……まずいですよ、佐治さん……！」

職務質問だろうか、と身構えて、柴田は佐治の袖を引いた。

張り込み中の記者にありがちな失敗談だ。近隣の住民に不審がられて通報されたり、パトロールの途中に怪しまれたりと、職質で張り込みが中断されたという話はよく聞く。

ところが、佐治は動じないどころか、「おー！」と歓声を上げて運転席のフロントガラスを下げてしまった。

「ひっさしぶりだなー！」

「佐治ちゃんこそ！　なに、復帰したの？」

自転車を押す警察官は、佐治の知り合いらしかった。年のころは、三十前後といったところだろうか。佐治とは、ひさびさに再会した女子学生のようにきゃっきゃと近況を報告し合っている。

あわや張り込み失敗かとひやりとしたが、どうやら杞憂《きゆう》だったようだ。

胸を撫で下ろしていると、佐治が「おい、柴田」と助手席に腕を伸ばしてくる。

「え……ちょ、わっ、なんですか……！」

佐治は、手のひらを柴田の頭にぽんと載せ、そのまま下方にぐいと押した。警察官に向かって、頭を下げている格好だ。

「こいつ、『週刊ズーム』のルーキーで、柴田っつーの。犬っころみてーに活《い》きがいいから迷惑かけると思うけど、よろしくしてやってよ」

「よ……よろしくお願いします」

押さえつけられるままに頭を下げていると、警察官は、人好きのする笑顔で敬礼してくれた。

「こちらこそ。新人くんも佐治ちゃんのこと見習って、ご近所に迷惑かけないように頼むよ」

「お、いいねえ、もっと言ってやって。こいつ、先輩への敬意が足りねーのよ」

「痛たっ……ちょ、やめてくださいよ」

くしゃくしゃと髪をかき回されて抗《あらが》うと、佐治と警察官はわははと笑った。芸能人の多い地域なのだろう、交番勤務の警察官も、張り込みには慣れているようだ。佐治のほうも、こんなふうに警察官と笑い合うほどに親しいとは、さすがは腕利きのカメラマンといったところだ。

「まあ、佐治ちゃんがついてれば大丈夫だと思うけど」

柴田を見ながら、警察官が言った。新人教育の話だろう。警察官は「ここだけの話」と小声になって、口の横に手のひらを立てた。

「このあたり、ここのとこ記者さんが張り込んでるみたいでね。ちらほら通報あるんだよ」

「へえ……どこの記者だろうな」

「俺も、詳しくは知らないんだけど。ほら、このへん、有名人多いじゃない。もう誰が話題になってるのか、わけわかんなくてさ」

「たしかに」

警察官は「まあ、そういうことだから」と、制帽のつばに手をやり、姿勢を正した。

「地域のみなさんの迷惑にならないよう、取材は穏便《おんびん》にやってくださいよ」

「もちろん、了解です」

佐治が大仰に敬礼をしてみせると、警察官は上機嫌で去っていった。まだ肩に入っていた力が、一気に抜けていくのがわかる。

「てっきり、通報されたか、職質されるかと思いましたよ……」

「俺もちょっとびびったけどな」

佐治も、少しは緊張していたようだ。ふうっと深く息を吐き出すと、「それにつけてもだ」と仕切り直した。

「張り込みしてる記者がいるってのは気になるな。『ズーム』は、おまえ以外に記者充ててんのか」

「いえ……俺は、とくに聞いてませんけど」

「……そうか。まあ、最初の時点ではガセみてえなもんだったしな」

佐治はマンションのエントランスに目を戻し、考え込むようにハンドルの上にのしかかった。

「ってことは、他誌ですか？　もしかして、俺たちと同じネタ追ってるんじゃ……」

「いや、このあたりは本当に芸能人多いからな。藤城イツキがターゲットとは限らねえ」

「そうですよね」

「だがな、気になることはある」

「気になること、ですか」

「ああ。藤城イツキの、部屋の電気」

「……あっ」

言われてようやく、藤城イツキの部屋の明かりから目を離していたことに思い当たる。急いでマンションを見上げて確認すると、部屋の明かりはまだ煌々《こうこう》と点いていた。

「しばらく見てなくていいぞ、エントランス見てるから」

佐治の声に、ほっと息をつく。

安心して佐治のほうを見やると、彼はマンションのエントランスに目を向けたまま解説を続けた。

「俺が知ってる限りでは、藤城ってひとり暮らしなんだよな」

「そうですよね。今は誰かとつき合ってるって噂も聞きませんし」

「だろ？　そのはずなんだけど、今夜は藤城が帰ってきたときには、すでに部屋に電気が点いてた」

「……もしかして」

息を呑《の》むと、佐治は「ああ」と首を縦に振る。

「他誌の記者は、たとえば女関連を嗅《か》ぎつけてる——って可能性もあるかもしれねえな」

「それなら、一石二鳥じゃないですか！」

柴田は、佐治のほうへ身を乗り出した。

「藤城って、今までに熱愛スクープ抜かれたことありませんでしたよね。だから王子って言われてるくらいですし……今日彼女といるかもってことは、ここで待ってれば、たとえ時間ずらして出てきたとしても、それぞれピンの写真は押さえられますよね？」

彼女のほうがマンションに入っていくところを撮れなかったのは痛いが、それでも、今までノースキャンダルだった藤城イツキだ。〈時間差出勤お泊まり愛〉とでもタイトルをつけられたなら、じゅうぶんなスクープになるだろう。

ところが佐治は、なぜか渋い顔をした。

「おまえ、本来の目的忘れてんじゃねえぞ？　俺たちが追ってんのは、あいつの乱交スクープだろうが。俺が調べてんだからな、女がいればなにかしらわかってるっつーの」

「でも……」

なんだよその自信、とむっとしながら、柴田も負けじと言い返す。

「噂があろうがあるまいが、今、現実に、藤城イツキは誰かがいる部屋に帰ってきたんですよ。本命の彼女がいるのに乱交パーティーなんてやってたとしたら、それこそほんとのゲス野郎じゃないですか。セットで載せられたほうが、誌面も盛り上がりますよ」

「——あのなあ」

嘆息とともに、佐治はマンションのエントランスから目を離してこちらを向いた。

「小義《しょうぎ》の前で、大義《たいぎ》を見失うなっつってんだよ。俺たちが狙ってるのは、王子様俳優の乱交パーティーだろ。ここで熱愛スクープ撮って、事務所に警戒されてみろ。実は彼女は糟糠《そうこう》の妻でした、婚約会見しますなんてことになって、乱交パーティーは揉み消されちまうのがオチだぞ」

熱愛より乱交のほうがどう考えたっておもしれえだろうが、と疲れたようにかぶりを振られ、柴田のほうも意地になった。

「だから、本命がいて乱交してるってほうが、もっとおもしろいでしょうって言ってるんです。テレビの中では王子様みたいに見せてるくせに、ほんとは彼女のこと裏切って乱交パーティーしてるなんて……ファンのこと、騙してるのと同じですよ。佐治さんは、そんなやつのこと許せるんですか？知らしめる機会があるなら、知らせたほうが世の中のためだって思わないんですか」

途中からは、目の前のスクープを逃《のが》すことが惜しい気がして、屁理屈のようになってしまった。

スクープは、大きければ大きいほど事件班への手土産《てみやげ》として評価されるはずだ。それなら、期せずして巡り合ったこのチャンスを、みすみす逃すことはできない。

「おまえ――」

案の定、佐治は苦虫《にがむし》を噛み潰したような顔をした。

「悪どいことするやつなら、なに書いてもいいと思ってんじゃねえだろうな」

「なに書いてもいいとは思ってませんよ。ただ、暴かれるべきものがあるなら、それを暴くのがジャーナリストの役割だと思ってるだけです」

強い語調で言い返すと、佐治は言いかけたことを噛み殺すように、太く短い息をついた。

「あのなあ、柴田」

「なんですか」

「よく考えろよ。悪人だからって、なんでも暴いていいってことにはならねえだろうが」

「じゃあ、悪いことしてるやつがいても放っておけって言うんですか」

「そうは言ってねえよ。ただ――」

そこまで言うと、佐治はぐっと言葉を呑んだ。

逡巡《しゅんじゅん》するようなひとときののち、気まずげにふいと目を逸《そ》らす。

「――俺はただ、おまえに後悔してほしくねえんだよ。どれだけ正論で武装した気になっても、痛い目見て泣くのはおまえだからな」

「痛い目……？」

いつになく沈痛《ちんつう》な面持ちに、柴田まで気を削《そ》がれてしまった。いつも人を食ったような態度の佐治が、ゴシップに対してそういうスタンスであるということにも、なんとはなしに違和感を覚える。

「まあ、おまえにはまだわかんねえだろうけど」

佐治は馬鹿にしたような物言いで、その場の雰囲気を変えてしまった。

「なっ……」

「とにかく今日は、乱交ネタに集中しようや。女関係は確定情報じゃねえんだし、もうちょっと調べてからでも——」

聞きわけのない子供をいなすように言われ、かちんとくる。

期待してるぞ、という熊谷デスクの言葉を思い出す。こんなふうに素人《しろうと》扱いされる筋合いはない、とむかっ腹が立った。

「でも、こんなチャンス二度とないかもしれないじゃないですか」

「わかんねえやつだな」

「なんでもけっこうです。それとも佐治さん、失敗するのが怖いんですか？」

「——は？」

「だったらいいです、俺だってカメラは持ってますから、ここは俺ひとりで張り込んで、写真撮って帰ります。熱愛と乱交は、別のスクープってことでいいじゃないですか」

「なに言ってんだ、おまえ」

「そうですよね、佐治さんにお願いしたのは、乱交ネタだけでしたもんね。無理言ってすみません。

じゃあ引き続き、乱交ネタのほうはお願いします」

「ちょ……おい、待てよ柴田」

「なんですか！」

リュックを抱え、車を降りようとした柴田の腕を、佐治の大きな手がつかむ。

「俺は、このスクープをものにしなきゃいけないんです。邪魔しないでくださいよ！」

「だから、協力してやるっつってんだろうが。迂闊《うかつ》に動いてもいいことねえぞ。落ち着いて、タイミンググっつーのを見てだな……ちょっ、おい、暴れんなって……痛って……！」

羽交《はが》い締めにしようとしてくる腕を押し戻すと、佐治がダッシュボードに手の甲をぶつけたようだった。カメラマンの手が、とぎょっとして、出ていこうとしていた車内を振り返る。

「だ、大丈夫で――」

「……やっべ」

だがしかし、手の甲を押さえた佐治は、柴田のほうを見てはいなかった。

その視線は、さっきまで佐治が見ていたマンションのエントランス――今は、キャップを目深《まぶか》にかぶった藤城イツキに向けられている。

藤城のかたわらには、いかにも柄《がら》の悪そうな男が立っていた。オーバーサイズのストリートファッションに身を包み、スキンヘッドにこちらもキャップをかぶっている。

そして――。

さらにまずいことには、藤城イツキと男の顔は、間違いなくこちらを向いていた。

男のほうがこちらを指差し、藤城イツキになにごとかを話しかけている。

動転してマンションの十五階を仰ぐと、藤城イツキの部屋の明かりは消えていた。藤城イツキの部屋にいたのは、あのスキンヘッドの男だったのだ。

「うそ……」

さあっと、顔から血の気が引いていくのがわかった。

佐治と押し問答をしていたのが、目立ってしまっていたのだろう。

スキンヘッドの男は、藤城イツキを従えるようにして、車のほうへと歩いてくる。エントランス付近は街灯で薄明るく、不愉快そうな表情が見える。

万事休す、というやつだった。

これでは熱愛スクープを取るどころではない、ひと月のあいだ追いかけてきた乱交スクープまで水の泡だ。

——どうする……!?

心臓が、どくどくとうるさいくらいに鳴りはじめる。

ここまでくれば、柴田に残された手段はひとつしかなかった。直撃取材だ。

女の子たちの証言はある程度揃っている。可能性は限りなく低いが、藤城イツキ自身の口からコメントを取れたなら、記事にできないことはないかもしれない。

柴田はリュックに手を突っ込むと、ＩＣレコーダーを引っ張り出した。

スイッチを入れたレコーダーをひとまずシャツの胸ポケットに入れ、デジカメをつかみ、車を降りようとドアに手をかける。

「おい！　待てっつってんだろうが！」

後頭部に、佐治が制止する声が聞こえる。

「待てません！　行かなきゃ――」

「……っ、この、馬鹿正直野郎がっ……！」

「……――！」

強く肩を引かれた、と思ったら、そのまま身体を返されて、目の前の景色が塞がった。

なにが起こっているのかわからず、とっさに身を縮めると、力強い腕が腰に回る。

佐治が、車のドアを閉める音が聞こえた。

閉じていた目を開けると、彫りの深い顔立ちが眼前に迫っている。

なにを思う暇もなく、髪の中に指を挿《さ》し入れられて、梳《す》くようにひと撫でされた。手のひらで耳殻《じかく》を包み、頤を小指で支えられたかと思うと、次の瞬間には唇にあたたかいものが触れている。

「ん……っ、ぅ……！」

びくんと跳ね上がる身体を、なだめるように筋肉質な腕が抱いた。

――キスを、されている。

そう理解した瞬間、身体が燃えるように熱くなった。

「な……っ、やめ……ッ、ん、ぅ……！」

なにを考えているのか、逃れようともがくほど、佐治はより強く柴田の身体を抱き込んだ。

つかんでいたデジカメをはたき落とされ、手のひらに指先を這わされる。

不覚にも、ぞくり、と身体の深いところが疼《うず》いた。

柴田よりもひと回り身体の大きい佐治は、手のひらも大きかった。

男らしく骨ばった指先が、指のあいだに入り込む。指と指とを絡めるようにして手を握られると、完全に身動きが取れなくなった。

「ん――……ん、んっ……」

力ずくで押さえつけながらも、佐治の唇は甘かった。

食《は》むようにやさしく吸って、息継ぎの合間に舌を忍ばせる。

ぬるりと入り込んできた粘膜《ねんまく》は、歯列《しれつ》を割り、上顎を撫でる。思うように息ができず、密着した胸板からは奥行きのあるコロンがふわりと香り、くらくらと目眩がした。

「……ぅ、あ、……は、ぁっ……」

ようやく唇が離れたときには、すっかり息が上がっていた。

佐治の肩越し、心ならずも涙の滲んでしまった視界の隅に、藤城イツキと連れの男が、鼻白《はなじろ》んだように退いていくのが見える。

見られた、と思うと、かあっと頬が熱を持った。

違う、これは、一方的にやられただけで。

そう弁明したいような気分になるが、藤城イツキと連れの男は、呼んでいたらしいタクシーに乗り込んで、どこかへ走り去ってしまった。

「──よし、行ったな」

自失状態の柴田を気遣うそぶりも見せず、佐治は運転席へと身を翻《ひるがえ》す。

「危ねー危ねー、おまえがキャンキャン騒ぎやがるから、顔割れるとこだったじゃねえかよ。あの調子だと、痴話喧嘩《ちわげんか》かなんかだと思ってくれただろ」

「……は……？」

「追っかけるぞ。シートベルトしろ」

「え、ちょっ……」

佐治がSUVを急発進させると、タイヤは待ち焦《こ》がれていたように高い音で鳴った。

「うわっ……！」

「バカ、言ったろ？　口開けてると舌嚙むぞ！」

興奮した佐治の横顔に、甘いキスの余韻《よいん》は欠片《かけら》もなかった。ぎらついた目が追っているのは、遥《はる》か前方を行くタクシーの影だけで、柴田のほうは一顧《いっこ》だにしない。

──このおっさん……人にキスなんてしておきながら……！

憤りのあまり、うまく言葉も出なかった。

柴田は力任せにシートベルトを引き下ろし、佐治のかわりにタクシーの影を睨みつけた。


「ちょっと……佐治さん！」

ずる、と肩から落ちかかった佐治の腕を、渾身《こんしん》の力で担《かつ》ぎ直す。

力の抜けた人間の身体は重かった。佐治が飲み潰れた安居酒屋から、やっとの思いでタクシーに乗せてスタジオまで送ってきたのだが、柴田の足腰も限界だ。

「もたれかかんないでくださいって……自分で歩いてくださいよ！」

「うーい……」

機嫌よく返事をしているところを見ると、気分が悪いわけではないようだ。それについては安心していられる一方で、胸の中では苛立ちが募《つの》る。

――こうしてるあいだにも、藤城イツキたちのこと追えるのに……。

遡ること、今から約六時間。

柴田と佐治は、ターゲットである藤城イツキのマンションの前で、タクシーに乗り込む藤城とその連れの男を見た。ちょっとしたトラブルはあったものの——男とキスしたのなんてはじめてだ、思い出したくもない——彼らを追尾したところ、タクシーが六本木のとあるクラブに横づけされ、降車した藤城と男がモデルふうの美女三人と合流し、店に入っていくところを確認できたのだ。

その現場を見たときは、さすがの柴田もテンションが上がった。

『やりましたね』

藤城イツキたちが入ったクラブは、六本木の『J』という店だった。

夏真っ盛り、金曜の夜だ。地下に続く店の入り口は派手やかなネオンに彩《いろど》られ、大胆に肌を見せて着飾った若者たちが、次々と吸い込まれていく。

その入り口から少し離れた路肩で、助手席に座った柴田は、運転席の佐治に言った。

『藤城と一緒に入った女の子たちも、乱交パーティーに参加するのかもしれませんね』

『……かもな』

『かもな、って……チャンスじゃないですか。藤城たち、追わないんですか』

『おー……』

今にも車を飛び出さんとする勢いの柴田とは対照的に、佐治はまた火の点いていない煙草を咥え、ぷらぷらと揺らしている。

『……いや。無理だな、今日は』

『どうしてですか!』

『どうしてって、おまえ』

佐治は、とろんとした目をこちらに向けた。さっきまで見せていた捕食者の気迫は、見事に消え失せてしまっている。

『あー、優等生はこんな店じゃ遊ばねえか。ならしょうがねえよな』

『……どういう意味ですか』

『あの店、ドレスコードあるぞ。それはまあギリギリセーフだとしても、会員制だし、男だけじゃ入れねえの』

『え……だから、藤城たちも？』

『さあ、それは知らんけど』

佐治は、運転席のシートから身体を起こすと、億劫《おっくう》そうにエンジンをかけた。

『どっちにしろ、今日はここまでだ。飲みに行くぞ』

『え……？』

釈然とせず訊き返したが、佐治が繁華街のほうへと車を走らせるにつけ、なるほど、と膝を打った。

藤城イツキたちの入った店は、女性同伴でなければ入れないという。だから、当初の目的どおり、女の子をナンパしてまた店に戻ってこようというのだろう。

——そうするのだとばかり、思っていたが。

『おまえ、ほんっと意外性ないのなー』

その二時間後。

連れていかれたのは、畳《たたみ》の小上《こあ》がりがある安居酒屋だった。店内は、テレビの音と中年男の笑い声であふれている。

『……佐治さんに言われたくないです』

ふてくされてサワーを啜《すす》ると、テーブルの正面に座った佐治は、ビールのジョッキを傾けながら反論してきた。

『なんでだよ』

『だいたいね、セクシーなのとキュートなのとどっちが好きかとか、質問のセレクトがおっさんなんですよ。そりゃ俺は、セクシーとキュートだったらキュートのほうが好きですよ。でも断然、清楚なほうが好みです』

『たとえば？』

『たとえば……えーと……』

朝のドラマに出演している清純派女優の名前を挙げると、佐治はそっくり返って大笑いした。柴田はむっと唇を突き出す。自分でも、意外性のないことはわかっている。

『どうせ俺は、つまんない男ですよ』

『いじけるなよ。あ、お姉さん、俺ビールもう一杯。おまえもさっさとそれ空けろ』

『もうじゅうぶん飲んでますって。それより、そんなに飲んでちゃ……』

ハイペースにジョッキを空けている佐治は、すっかりでき上がっているようだ。はじめは烏龍茶《ウーロンちゃ》を頼もうとした柴田も、佐治に注文を阻止《そし》されて、サワーをちびちびやっている。

――ったく、どういうつもりだよ……。

なによりも柴田が気になっているのは、まだ今夜は藤城イツキを追えるのに、ということだった。クラブに入って遊んでいるなら、深夜こそ動く可能性がある。

そんな柴田の胸中を知ってか知らずか、佐治はふと真面目な声を出した。

『藤城イツキの連れ、おまえも見ただろ。あれはやばいって』

『連れ……ですか？』

『そう、藤城イツキのマンションにいた、チンピラみてえなスキンヘッド。あの顔、どっかで見たことあるなと思ったら……さっき、店の前でやっと思い出したんだよ』

『どういう人なんですか？』

『いい話は聞かねえな。おまえも、あんまり近づかねえほうが身のためだぞ』

『でも、それじゃあ取材は……』

『まあ……それは、別のルートからなんとかしてやっから。とにかく、おまえひとりでどうにかしようとか、アホなこと考えるんじゃねえぞ』

酔っているのかと思ったら、それほどでもないのかもしれない。

いずれにせよ、ひとりではなにもできないと言われた気がして、柴田は口を尖《とが》らせた。

『そんなこと言って……佐治さんだって、ほんとはびびってるんじゃないですか』

『ああ？』

『やばいやつが出てきて怖いから、今日のところは退散しようって言うんでしょ』

せっかく居場所がわかってるのに、と不満を漏《も》らすと、ずいぶん拗《す》ねた調子になってしまった。少し、疲れているからだろうか。アルコールの回りが早い。佐治よりも、自分のほうがよっぽど酔っ払っていると思う。まぶたが重たく下りてきて、頬のあたりがぼうっと熱い。

『そうだなあ……柄にもなく、びびってんのかもな』

予想だにしないしおらしい声に、柴田はお通しの小鉢《こばち》を眺めていた目を上げた。

『え？』

『びびってるよ。可愛いルーキーが、傷ついて泣いたらカワイソーだから』

飲んだわりには顔色の変わらない顔を、佐治はくしゃりと崩して笑った。

――あれ……佐治さんって今まで、こんな顔して笑ってたっけ。

ぼんやりして、うまく頭が働かない。めずらしいものを見た気がして、ほつほつとまばたきをしていると、テーブル越しに佐治の手が伸びてきた。

『おまえ、予想に違《たが》わず酒弱いのな』

『悪いれすか……』

『いーや、可愛いぞ？　そういう無防備な顔しちゃうとこ』

わはは、と笑いながら、佐治は柴田の髪をくしゃくしゃとかき混ぜた。

——こんなとこ見せるのは、あんたといるときくらいだよ。

酒に酔った勢いもあってか、胸の中で憎まれ口を叩いてしまう。柴田はふだん、飲み会では世話役に回るほうなのだ。こんなふうに正体を失くしかけているのは、佐治ががんがん飲ませたせいだ。

せめて睨んでやろうと見上げると、こちらを見下ろし、やわらかな弧を描く瞳と視線がぶつかる。

ふと耳に蘇《よみがえ》ったのは、はじめて佐治に会いに行った日、スタジオで聞いた彼の声だ。

——そうだ、いい子だな。

胸の底に響くような、低く、よく通る声だった。

——そのまま……見せてみろ。

その声に従うことは心地よく、彼の構えたカメラのレンズに、なにも纏わない、繕わない、生まれたままの自分を見せてしまった。

あのとき構えたカメラの向こうで、佐治はもしかすると、今と同じ顔をしていたのかもしれない。

鈍る思考に抗えず、テーブルの上に置いた腕に頬をつける。

佐治の手は大きく、髪を撫でられていると、うっとりと目を閉じてしまいそうだった。まどろみの中、前髪越しに見る顔を、きちんと覚えていられそうになくてもどかしい。

こちらを見下ろす佐治の顔には、まるで生まれたばかりのものを愛《め》でているような、おだやかで慈《いつく》しみ深い表情が浮かんでいた。

――佐治さん、こんな顔することもあるんだ……。

佐治のこんな顔を、もっと知りたい。

ぼんやりと霞《かすみ》がかかったような頭では、複雑なことは考えられなかった。ただシンプルに、知りたい、とそれだけを考えて、柴田は佐治を見つめていた。

佐治はその視線を、別の意味に取ったらしい。

『眠いなら寝ていいぞ。安心しろ、置いていったりしねえからさ』

ぽんぽん、とやさしく髪を撫でる手に、柴田は素直に目を閉じてしまい――。

ほんの少しだけ、そこで眠ってしまったようだ。


と、そんなことがあったのだが。

けっきょく、柴田が目を覚ましたあと、最終的に眠り込んでしまったのは佐治だった。

置いていったりしねえから、と言ったのは佐治なのに、実際に、彼をタクシーでスタジオまで連れ帰ってきたのは柴田だ。

「ほら……着きましたよ、佐治さん！」

「んー……」

抱きつくようにもたれかかってくる佐治のポケットから、事務所の鍵《かぎ》を探り出す。

スタジオに続くガラス戸を開け、そのあたりに放っていこうかとも思ったが、風邪《かぜ》を引かれたりしても面倒だ。なにより、明日からの取材に差し支える。

やはりベッドに寝かせたほうがいいだろうと判断して、「寝室どこですか」と問うと、佐治はスタジオの天井を指して、「二階」と言った。

この上、この男を担いだまま二階まで上がるのか。

聞かなきゃよかったと思っても、後悔は先に立たない。柴田は、スタジオの端にあった階段から、苦労して佐治を寝室に運び上げるはめになった。

「ふうっ……」

佐治をベッドの上に放ってしまうと、柴田もエアコンのスイッチを入れ、ベッドの端にへたり込む。

事務所の二階にある佐治の寝室は、少し変わった印象だった。

フロアを広く使った部屋は、二十畳《じょう》ほどの広さだろうか。寝室というより、仕事以外の時間をここで過ごしているようだ。

柴田が座るダブルベッドは、部屋の奥側中央に置かれていた。

ベランダに続いているらしい掃《は》き出し窓には、濃色の重たげなカーテンがかかっている。片側の壁は一面、ぎっしりと本が並んでいる本棚だ。大判のものは、写真集や画集だろう。

そして、本棚の反対側の壁際が、もっとも佐治の部屋らしい場所といえた。

棚の上に置かれたいくつかの四角いバット、液体の入ったボトル、顕微鏡《けんびきょう》に似た機材。壁に渡された細い紐《ひも》には、ところどころに印画紙やフィルムが留められている。印画紙にプリントされているのは、そこで現像したらしい写真——佐治の撮った写真だろう。つまりは、寝室がまるごと、暗室としても使えるようになっているのだった。

——佐治さんって、ほんとに写真が好きなんだ。

腰を上げ、壁際に留められた写真を一枚一枚眺めていく。

無造作に留められたり、積み重なったりしている写真の中には、見覚えのあるものもあった。

報道写真や著名人のポートレイト、そのほかにも、さまざまなものにレンズが向けられている。

暮れかかる陽《ひ》を浴びた田舎《いなか》の家々、道端で寄り添う猫の親子、小さな工場の休憩時間を写したらしい、工員たちの明るい笑顔。

写っているものはいろいろでも、うつくしい景色から人々の暮らしまで、そこには佐治の視線が感じられた。おそらくは隠し撮りだろうが、合コンらしい飲み会の最中、女の子同士が真剣な表情で耳打ちし合っている写真などは、なに撮ってんだよ、と笑みがこぼれた。

そのとき、ふと目に留まったのは、比較的大きく引き伸ばされている少年の写真だった。

これも隠し撮りかもしれない。少年の目線は、どれもカメラからは外れている。

最初に目に入ったのは、保育園の入園式の写真だった。正門の前の看板には、二年前の和暦《われき》が書き込まれている。ぶかぶかのスモックに着られた男の子は、同年代の子供たちの中で、緊張した面持ちをしていた。

写真は、時系列順に並んでいるらしい。

次の写真は、お遊戯《ゆうぎ》会の写真だった。彼の表情に緊張はなく、同年代の子供たちと一緒に、うさぎを描いたお面をかぶり、満面の笑みで舞台に立っている。次の写真に目を移すと、彼の年次は上がっていた。保育園の園庭で、彼よりも幼い子供の手を引き、お兄さんらしい顔を見せる。

並べられた写真の中で、彼はぐんぐん成長していった。

桜の木の下、笑顔で手を振る登園風景。兵児帯《へこおび》の浴衣《ゆかた》を着込み、祖母らしい女性の背で眠ってしまった花火大会の帰り道。保育園で芋掘りでもしたのだろう、大きなさつま芋を手に誇らしげな顔をしたかと思えば、冬の朝、水たまりに張った氷にすべって転び、泣いている。

順を追って写真を見ると、大きくなったな、とまったく他人の柴田でも思う。写真を撮った人間の――佐治の、その子に対する慈しみのまなざしが見える。

にもかかわらず、隠し撮りなのはなぜだろう。正面からは会えない事情があるのだろうか。

たとえば……別れた奥さんとの子供とか？

ありうる、と自分の思いつきに半眼になると同時に、いや、なんでちょっともやっとしてるんだよと自身に突っ込む。

それもこれも、と柴田はベッドの上で寝息を立てている男を振り返った。

こんなふうに妙な気持ちになるのは、佐治がキスなんて馬鹿げた真似をしたからだ。ぜんぶ、この男のせいなのだ。

それはそうとして、被写体の生き生きした表情を見るに従い、柴田は、ずっと抱えていた疑問が、はっきりと胸に浮かび上がってくるのも感じた。

――俺はもう、現場には出ねえ。人は撮らねえって決めてんだよ。

こんなに魅力的な表情を撮れるのに、佐治はもう、人を撮ることはしないと言う。

どうして、人は撮らないなどと言うのだろう。

本人は相変わらず、くつろぎ切った大型の犬みたいに仰向いて、ぐっすりと眠り込んでいる。

その胸のうちを覗いてみたくて、ベッドの端に腰を下ろした。

「佐治さん……どうして、現場に出なくなっちゃったんですか」

寝顔に訊いても、望む答えは返ってこない。

わかっていても訊いてしまうくらいには、佐治の写真には力があった。

柴田はふたたび、壁の写真に目を戻す。

佐治の撮った写真、彼が人々に向けるまなざしを眺めながら、柴田にとっては、佐治こそが、写真そのもののようだと思う。

佐治はときどき、ふだんは見せない横顔を、一瞬だけ見せることがある。

だから、その前後のストーリーを知りたくなる。

彼になにがあったのか、理解したいと思ってしまう。

――……俺、佐治さんには、幻滅《げんめつ》してたはずなんだけど。

柴田は軽く息をついた。

感傷的な気分になるのは、自分だって佐治と同じく、それなりに酔っているからだ。そうでなければ、物思いに耽《ふけ》っているような暇はない。藤城イツキのスクープのほかにも、追わなければいけないネタはあるのだ。

帰ろう、と柴田はベッドから腰を浮かせた。スプリングが、小さく軋《きし》む音を立てる。

その音に、佐治が目を覚ましたようだった。

「ん……」

「……すみません、起こしましたか。俺、帰ります。エアコンつけっ放しにしないほうがいいと思いますけど……消しますか？」

「いや……いい」

言いながら、佐治はもぞもぞとベッドの上を這いずってきた。

動けるのかよ、と舌打ちをしていると、ベッドサイドに立つ柴田の腰に、筋肉質な腕が絡みつく。

ふわりと視界が急転し、気づいたときにはベッドに引き倒されていた。

「うわっ……」

「なんだよ、つれねえじゃねえか。泊まってけよ……」

「さ、佐治さん！」

柴田の身体は、背後から佐治に抱きかかえられるような格好になっていた。

その胸のあたりを、佐治の大きな手がさすっている。ひょっとすると柴田のことを、連れ込んだ女の子かなにかと勘違いしているのかもしれない。

「ちょっと……どこ触ってるんですか！　佐治さん、誰かと間違えてますって！」

「間違ってねーよ……あー、おまえ、ほんっとに胸ねえなー……」

——やっぱり、誰かと間違えてる……！

脱力しそうになりながら、柴田は佐治の腕から逃れようともがいた。

「起きてたなら、自分で歩いてくださいよ……！」

「えー？　だって、俺が起きたら、おまえは藤城のとこに戻っちゃうだろー？」

「当たり前で……っ、……！」

ぎゅうっと抱きしめるように捕らえられ、背中に佐治の厚い胸が密着する。うなじに鼻先を埋められると、そんなことがあるはずがないのに、ぞくりと官能の気配が身体を抜けた。

「ちょっ、佐治さん……っ」

「俺はもう、人を撮りたくねえんだよ」

「……え？」

ふいに聞こえた低い声に、柴田は背後の男を振り返ろうとした。

けれど佐治はそれを許さず、柴田の耳の裏のあたりに強く鼻先を押しつけてくる。

「現場に出ていくってのは、けっきょく人を撮るってことだからな。……だから、もう現場に出るつもりはねえ。これっきりだ」

いつか聞いた台詞の繰り返しだった。

このタイミングでこんなことを言い出すからには、さっきの問いかけを聞いていたのだろう。起きてたんなら言えよ、と気恥ずかしく思いながらも、よけいに、だったらどうして、そんなことを言うくせに、この部屋にはこんなに人を撮った写真があるんだと気になってしまう。

「でも……佐治さん、最近も撮ってたんでしょう？　あの男の子の写真とか……いい写真じゃないですか。それなのに、どうして」

「人の部屋こっそり探ってたのかよ、エッチー」

「はぁ？」

真面目に訊いたつもりなのに、茶化すように返された。

佐治はにやにや笑いながら、肩越しにこちらの顔を覗き込んでくる。

「おまえ、ほんとはむっつりなんじゃねえの？　やらしいなー」

「なん……って俺が、佐治さんにそんなこと言われなきゃいけないんですか！」

「えー？　いいじゃん。どうせなら、仕事以外でもわかり合おうぜ？」

「ちょっと、やめてくださいって……ッ、あ——……！」

ぴりっ、と淡く痺《しび》れるような快感が胸に走り、柴田は鼻にかかった声を上げた。柴田の胸元をまさぐっていた佐治の手が、胸の小さな突起に触れたのだ。

「——なんだ、感じたか？」

「ち、違っ……、っ、ん……！」

佐治は調子に乗っているのか、熱い唇で柴田のうなじに吸いついた。違う、と首を振るそばから、媚《こ》びたように甘く、高い声が漏れる。

「へえ……やっぱりおまえ、感度いいな」

気をよくした様子の佐治が、ちゅ、ちゅっと首筋にくちづけを落とす。

「……ッ、やめてください……！」

「やめていいのか？　なんでもするって言ったろ？」

「……っ……」

耳元で、低く笑う声が聞こえた。

言ったことから察するに、佐治は柴田を誰かと勘違いしているわけではないらしい。その上、またヌード写真をネタに、柴田を強請《ゆす》ろうとしているのだ。

やわらかくもない身体を抱いたところで、佐治になんの得があるというのだろう。背後から抱え込まれた姿勢では、佐治の顔は見えなかった。

「な、なにするんで……、ッ、あ」

「そう怯えるなって。おまえだって、こう忙しくちゃ処理もできねえだろ？」

「え……？」

「抜いてやるよ。なんも考えずに、気持ちよくなるところ見せてみろ」

意味を理解できずにいるうちに、佐治は柴田の耳たぶを咥えた。

「あ……、っ……！」

耳の縁《ふち》を熱い舌でなぞりながら、佐治は柴田の胸に手を這わせてくる。

シャツの裾から手のひらを差し入れられ、腹に直接触れられる。自分の手ではない、他人の手に触れられているということに、さわりと肌がざわめいた。

「ん……っ、ぁ……」

手のひらは臍《へそ》を掠め、心臓のあたりをさすり、胸の飾りを見つけ出した。つんと尖っているそこをつままれ、引っ張るように刺激される。

「あ……やめっ……」

「ほらみろ、ここ、もうこんなじゃねえか。触ってほしかったんだろ」

「あ、あッ……」

縒《よ》るようにして弄《いじ》られると、ひとりでに腰が揺れた。ねだるような卑猥な動きだ。

佐治が小さく笑うのが、触れる胸から直接伝わる。

感じてしまっている、と思うと恥ずかしくて、身体がかあっと熱を持った。

「ああ……おまえのここ、素直だな。ぽってり腫《は》れて、ふくれてきてる」

「ん……っ、ん、ぅっ……」

「どうせ、忙しすぎてご無沙汰《ぶさた》だったんだろ。こっちも――」

佐治は片方の手で柴田の乳首を捏《こ》ねながら、もう一方の手でゆっくりと下腹を撫でた。

ここ最近、疲れのせいで自慰《じい》もしていなかったのだ。

そこは、胸への刺激だけですでにはっきりと反応している。

「ほら……な？　ここも、構ってほしがってる」

「……ッ、ちが……っ……」

「違う？　ほんとか？」

柴田の言葉を裏切るように、股間のものは張り詰めた。

スラックスの中に手を入れられて、下着越しにさすられる。それだけでも鮮やかな刺激に、嬌声《きょうせい》を堪えて口を押さえる。自分でさえしばらく慰《なぐさ》めていないそこには、強すぎる刺激だった。触ってほしいと、懇願《こんがん》しそうになってしまう。

「ひ……っ、ぅ……」

ついには下着を押し下げられ、悲鳴じみた声が漏れる。手のひらで包み込むようにして握られ、根元から裏筋を撫で上げられると、浅ましい期待に背筋が震えた。

「あ……佐治さん……ッ」

「うん？　どうした？」

「……っ、俺のこと、からかってるんですか……っ」

「いいや？　ぜんぜん？」

口ではそう言いながら、佐治の指は、からかうように硬くなった性器を撫でる。くびれたところをきゅっと握られ、ひっ、と息が引きつった。

じわりと濡れる先端を、太い指がぐりぐりと抉《えぐ》る。染み出す蜜を塗り伸ばすように、手筒が幹を上下する。くびれの裏を、少し強めにこすられると、鮮やかな快感に視界が灼けた。

気持ちいい。すぐにでも達《い》きたい。でも――。

こんなのはおかしい。

相手は男で、ただの仕事仲間なのに。

「や……いや、だっ……佐治さん……っ」

こみ上げる吐精感に抗えず、柴田は身体に回された佐治の腕にしがみついた。

「嫌じゃねえだろ、こんなになってんのに。いいぞ、いつでも」

力強く抱かれると、佐治の逞《たくま》しい胸が、背中により強く触れた。身体を包み込むぬくもりに、すべて委《ゆだ》ねてしまいたくなる。蜜にまみれた手の動きしか、感じられなくなってしまう。

「あ、あぁっ――……！」

出る、と意識が追いついたのは、すでに決壊したあとだった。

放埓《ほうらつ》のあいだも、佐治はゆるゆると扱《しご》く手を止めなかった。搾《しぼ》るようにくびられると、鮮烈な愉悦《ゆえつ》に引きずられ、腰が砕けそうになる。

「……は、ぁっ……」

荒い息を落ち着けようと、なんとか深く呼吸する。まだ熱っぽい息を吐くと、身体の輪郭が融《と》け崩れてしまいそうだった。

「――達けたな。いい子だ」

後頭部に触れる吐息が、そう言った。

「眠いんだろ。いいぞ、そのまま寝ちまえよ」

抱き直すように腕に力をこめられると、そこにいていいと言われたような気分になった。

全身の力が抜けていく。

「……おやすみ」

思考をやんわりと遮るように、やさしい声が背中に響いた。

ひさしぶりに、朝まで夢を見ずに眠った。

4

——あれはいったい、なんだったのか……。

土曜の夕方、その日の作業を終えた柴田は、自席でぼんやりと天井を眺めていた。校了日の編集部には、一週間のうちで一番多く人が集まる。気忙《きぜわ》しく響くタイピングの音、ゲラをやりとりする声さえ耳に入らないくらい、頭の中がぼうっとしている。

まさか、男相手にあんなふうに興奮してしまうなんて。

おまけに今朝は、綺麗に後始末をされた身体を、がっしりと抱きしめられた状態で目が覚めた。飛び起きるなり、佐治が目を覚まさないうちに、逃げるように出社してきてしまったのだ。

泊めてもらった礼なり、酔っていた佐治を気遣う連絡なりしたほうがいいと思ってはいる。

だが、そう考えてスマートフォンを手に取っても、次の瞬間にはあれ、なにしようとしてたんだっけ、と思うくらい、あらゆることに身が入らない。

柴田は以前、佐治にヌードを撮られたときも、似たような状態に陥《おちい》ったことを思い出す。

しかし、今回は輪をかけて深刻なように思われた。

前回のように、怒りや憤りが湧いてこないのだ。腑抜けていると浮かんでくるのは、甘やかな声や肌のぬくもりばかりで、そんな自分にむしろ戸惑《とまど》う。

机の上には、次号の校了作業を終えてからこっち、ずっと発信できないままのスマートフォンが転がっていた。

昨日は、藤城イツキの乱交ネタ取材が大きく進展する手がかりを得たはずだ。本当なら、校了して明日は休みというタイミングの今こそ、カメラマンと今後の作戦を練るべきだった。

……しかし。

――あんなことがあったあとで、なんて連絡したらいいいんだか。

はあっ、と深いため息が漏れる。

佐治は単に、柴田をからかうだけのつもりだったのかもしれない。あるいは、同じ業界にいる年下の記者が、仕事に根《こん》を詰めているのを見かねてガス抜きをしてくれたとか。

佐治は乱暴にしたり、自分の欲望を満たしたりすることはなく、ただ疲れを癒《い》やすように――ほとんどやさしくと言ってもいいくらいに、柴田を快感に導いた。

彼の手つきをうっかり思い起こした拍子に、あらぬところが熱を持ちそうになる。

なに考えてるんだ、仕事中に、と煩悩《ぼんのう》を振り切るようにかぶりを振った。

時間が経てば経つほどに、連絡しにくくなるのはわかっている。

それなのに、朝からずっと連絡できずにいるのは、柴田が過剰に意識しているせいだ。いい加減、認めざるをえなかった。

くったりと机に突っ伏し、これからどうしよう、と考える。

昨日は、藤城イツキの出入りしているクラブを見つけ、心身ともに高ぶっていたのだ。

けれど、不覚にもぐっすり眠ることができたおかげで、疲れからも解放された。

おまけに明日は公休だ。少しクールダウンして、藤城イツキが出入りしていた店のことや、友人関係を調べてみるのもいいかもしれない。

そうだ、なにも今日、かならず連絡しなくてはいけないわけではない。

もう、帰ろう。家でゆっくり、いろんなことを考えよう。

そう思うことにして、柴田はようやく、帰り仕度《じたく》をするためにスマートフォンを拾い上げた。

と、その瞬間。

「うわっ……」

タイミングよく鳴りはじめた着信音に、びくりと身体がすくんでしまった。

発信者の名前を見ると、「佐治一帆」とある。

どくん、と心臓が大きく打つ。まばたきのあいだ逡巡して、柴田は着信のアイコンを押した。

「……はい」

『おー、柴田？　校了したか？』

受話口から聞こえてきたのは、間延びしたいつもの佐治の声だった。

あんまりにいつもどおりなその調子に、我知らず眉根が寄る。

「――しましたけど」

『お？　なんだよ、ご機嫌斜めじゃねえか。あれか、ゲラ、熊谷さんに赤字だらけにされたか？』

「別に、機嫌が悪いわけじゃありません。そりゃまあ、けっこう赤は入りましたけど……」

『ならいいじゃねえか、鍛えてもらえてんだろ。赤字の量は愛の量だぞ』

「はあ……」

いつもと変わりない話しぶりに、肩透かしを食らったような気分になる。

こんなことなら、一日じゅう迷うことはなかった、さっさと連絡すればよかった。

というか、佐治がこの調子なら、昨日のあれは本当になんだったのだろう？

昨夜のことは、佐治の中ではなかったことになっているのか――まさか、酔っていて覚えてないのだろうか。

「……っていうか、なにか用事だったんじゃないんですか。電話かけてきたの、そっちでしょう」

柴田は喧嘩腰に用件を尋ねた。

佐治は佐治で、『おお、そうだ』と能天気に応える。

『おまえ、校了終わったんなら暇だろ。これから、外のスタジオで撮影があってな。アシスタントしに来いよ』

「え……今からですか？」

『これからだっつってんだろうが。恵比寿のスタジオな、場所はスマホに送っとく。三十分以内』

「え？　ちょっと、佐治さん……！」

『来なかったら、ヌードのデータがどうなるかはわかってるよな。じゃーなー』

ぷつん、と通話はそこで途切れ、柴田は呆然とスマートフォンの液晶を見つめてしまった。

動けずにいるうちに、スマートフォンが佐治からのメッセージの受信を告げる。

見れば、恵比寿にあるスタジオのＵＲＬが貼ってあり、〈さっさと来いよ〉という本文にキスマークの絵文字が添えてあった。

柴田は、ため息をいよいよ深くした。


悶々としながらも、柴田は指定された恵比寿の撮影スタジオに向かった。

代々木で山手線に乗り換え、恵比寿に降りて東口に出る。夏の夜は、陽が沈んでいてもまだ明るかった。しばらく歩くと、大通り沿いにスタジオが入っているビルが見えてくる。

受付で訊いたスタジオに入ると、モデル撮影が行われている最中だった。

「ん、いいよ～実花ちゃん。次、横向いてみようか。……そう、視線はこっちで……あー、可愛いじゃん。その感じで、もうちょっと動いてみよ」

スタジオの奥側、三面を白く塗られた壁と床の真ん中に立っているのは、ひと月ほど前、この近くで佐治とナンパした女の子だった。巻き髪の、実花という子だ。

実花は、ふんわりした白いワンピースを着て、カメラの前で強いライトを浴びている。

その正面で、カメラを構えているのが佐治だった。

「お、柴田、来たか」

佐治は、実花のほうを向いたまま言った。

「……あ、はい……」

目を合わせなくていいことにほっとしたが、なにを言っていいのかわからない。

ところが佐治は、「飲み物」と予想外の言葉を口にした。

「へ？」

「飲み物と、クッキーとかサンドイッチとか、なんか軽くつまめるもん買ってこい。コンビニで済ますんじゃねえぞ、駅ビルまで戻って買え。制限時間三十分」

「は……？」

「あのデータ、持ってきてるぞ。実花ちゃんに恥ずかしい写真見られたいか？」

「……ッ、行ってきます……！」

言いたいことはあったような気がしたが、考えて言葉にするような猶予《ゆうよ》はなかった。

スタジオを出かけたところで、スタジオの奥とは反対側にある打ち合わせスペースに、人影があるのに気づく。打ち合わせ用のテーブルについているのは、ストレートのロングヘアが清楚な、はっとするほど整った顔立ちの女の子だ。

「……？」

――どこかで会った子だったっけ。

彼女の顔に見覚えがある気がして、首をかしげる。

女の子は、実花と同じくらいか、少し下かといった年ごろだろう。

スタジオの中には、モデルの実花と佐治以外、スタジオづきのアシスタントも、ヘアメイクもスタイリストもいない。てっきり、モデルとカメラマンという最小単位でのプライベートな撮影なのかと思っていたが、見学かなにかだろうか。

見ているうちに、女の子も柴田のほうに気がついたらしかった。ぺこりと頭を下げてくるのに応え、柴田も軽く会釈《えしゃく》する。

すると、「おい柴田、さっさと行けよ！」と佐治の声が飛んできた。

「わかりましたよ！」

スタジオの奥に向かって叫んでいると、女の子は、はにかむように小さく笑った。

決まり悪く笑い返し、スタジオの扉を押し開けながら、なんとなく腑《ふ》に落ちない気分になる。

この一か月、ふだんの柴田からは考えられないくらいにたくさんの女の子に会ってはいるが、あんな正統派の美人なら、いくらなんでも忘れることはないだろう。

だからといって、「どこかでお会いしましたか？」と訊くのは、古典的すぎるナンパの常套句《じょうとうく》だし、とてもではないが正面切って言う勇気はない。

どこで会ったんだろう、とは思ったものの、駅ビルまで駆け戻り、慌ただしく買い物をしているあいだに、そんなことはすっかり頭の中から消え失せていた。

スタジオに戻ると、撮影は一時休憩なのか終わったのか、打ち合わせスペースで佐治と女の子たちが談笑していた。

「おお、ご苦労」

パイプ椅子《いす》にふんぞり返り、佐治は偉そうに言った。

「ご苦労、じゃありませんよ。ったく……撮影、終わりですか」

「いや、ちょっと休憩。実花ちゃん、由枝子《ゆえこ》ちゃん、食べて食べて」

ストレートロングの女の子は、由枝子という名前だそうだ。実花の友人で、看護師をしているらしい。佐治が調子よくすすめると、柴田が袋から取り出したサンドイッチやマカロンに、実花がきゃあっと愛らしい声を上げた。

「おいしそう。柴田さん、いいお店ご存じですね」

「いえ……これは、先輩に聞いて知ってたお店が、近くにあったので」

以前営業部にいたころに、イベントなどの差し入れにいいと先輩社員に聞いた店だった。

トマトやレタス、卵にベーコンが色鮮やかなＢＬＴサンド、アボカドと海老をマヨネーズで和《あ》えたものに、ピンクペッパーやディルで爽やかな風味を添えたサンドイッチは、女の子たちにもよろこんでもらえたようだ。

コーヒーや紅茶は駅のコーヒーショップで用意してもらったものだが、マカロンは、色合いといいかたちといい、可愛らしい実花の雰囲気に似合いそうだなと見繕ってきた。片手でつまめて手を汚さないので、このあとの撮影にも影響は少ないだろう。

「おまえにしちゃあ、気が利くもん選べたじゃねえか」

素《す》の表情ではしゃぐ実花を見ながら、佐治がこっそりと柴田に言った。

「……そう言っていただけるなら、行かされた甲斐がありました」

褒められたことはうれしい。だが、あんまり近くに寄られると、身体がひくりと強張《こわば》ってしまう。佐治はやはり、昨日のことなんてなんとも思っていないのだ。そう考えると、ひとりで緊張している自分が馬鹿みたいに思えてきて、やり場のない憤りに顔をしかめる。

「あ？　なんだよおまえ、不満でもあんのかよ」

「別に。理不尽だなと思ってるだけです」

「理不尽？　なにが」

「あの写真で、ここまで強請られるなんて思ってなかったし……だいたい買い物が必要なら、電話したときに言ってくれればよかったじゃないですか。そうすれば、わざわざ駅前まで戻ることもなかったのに」

「バカ。そしたらおまえ、あんなもん買ってこなかったろ」

佐治はくいと顎先を持ち上げ、マカロンの箱を示した。

モデルの雰囲気に合わせて買い物をしてきたことを、きちんと理解してくれているのだろう。自分から言い出すほどのことではないが、わかってくれている人がいる。

それを実感できるのは、思いのほか報《むく》われるものだった。

まして佐治は、横暴に柴田を振り回してばかりだが、一度は尊敬のまなざしを向けていたこともあるカメラマンだ。

その彼に褒められて、うれしくないはずがない。怒ってみせてはいたものの、むずむずとこそばゆいような気分になる。

照れも手伝い、「よしよし、柴田はいい子だな〜」と無造作に頭を撫でようとする佐治の手を、「やめてくださいよ」と振り払う。すると、にこにことそれを眺めていた実花が、「そういえば」と口を開いた。

「このあいだ話した、那奈《なな》ちゃんのことですけど……」

ここのところ調べていた名前が聞こえて、柴田ははっと耳を立てた。

藤城イツキの乱交パーティーに参加したことがあるらしい〈ナナ〉は、那奈という名の女優の卵だった。取材のヒントになりはしないかと、ほかの記事を書く作業の合間に出身地や出演作を調べていると、出演したテレビドラマのクレジットには、藤城イツキの名前もあった。

実花は、かすかに眉をひそめて続ける。

「那奈ちゃん、急に姿を見なくなっちゃったから、私も気になってて。仲のいい子に聞いて回ってたんです。そうしたら……」

大きな瞳が、気遣わしげに隣に座る由枝子を見る。

表情を曇らせた由枝子は、こくりとうなずき、かたちのいい唇を開いた。

「私も那奈ちゃんのことが心配で……今まで誰を頼っていいかわからなかったんですが、もしかして佐治さんや柴田さんなら、那奈ちゃんのこと見つけてくれるんじゃないかと思って」

どうやら実花は、情報提供の場を持つついでに、宣材写真を撮ってくれるよう佐治に依頼してきたらしい。

ようやく事情が呑み込めて、勢いづいて話を聞いた。

「由枝子さんは、那奈さんとはどういう知り合いなんですか」

「私は……那奈ちゃんとは、知人を通して仲よくなった友達です。彼女、あるパーティーに行くようになったころから、あんまりお仕事のほうもうまくいかなくなっちゃったみたいで……」

「だったら、そのパーティーが怪しいな」

佐治が、会話をうまく誘導した。

すると由枝子も、「私もそう思うんです」と、どこか思い詰めた表情で同意した。

「由枝子さんは、そのパーティーに行ったことは？」

「ありません。パーティーの話は、那奈ちゃんから聞いたことがあるだけなんです。……そのパーティー、複数の人と……したりとか、そういうことをやってるみたいで……」

柴田の質問に首を振り、由枝子は那奈から聞いたというパーティーの様子を語りはじめた。

「参加者は日によって違っていたそうなんですが、場所はいつも同じで、藤城さんの借りてるマンションだと聞かされていたみたいです」

「それは……元麻布の？」

柴田が訊くと、由枝子は「いえ、近くですけど……」と答えた。

「たしか、赤羽橋《あかばねばし》って言ってた気がします。東京タワーが、窓からすごく大きく見えるって」

「へえ、ってことは高層階かな。芸能人が借りてるマンションだし」

佐治の言うことに、「そうだと思います」と由枝子が続ける。

「部屋は藤城さんが借りてるらしいんですが、その場を仕切ってるのは、中川《なかがわ》さんっていう人で」

「中川っていうのは……」

「藤城さんのお友達だそうです。スキンヘッド……っていうんですか、そういう見かけだったし、ちょっと雰囲気が怖いんだって那奈ちゃんは言ってました」

柴田の記憶から、ひとりの男が浮かび上がる。

藤城イツキのマンションまでマネージャーの車を尾《つ》けたとき、彼の部屋で待っていて、一緒にクラブに消えていった男だ。

隣を見ると、佐治は目顔で「わかってる」と言い、由枝子のほうに向き直る。

「ってことは、その中川ってヤツと、藤城イツキがいつものメンバーだったたってことか」

「そうみたいです」

「なるほどねえ。しかし藤城イツキっていえば、月曜九時枠《わく》のヒーロージャねえか。女の子には不自由しなかっただろうに、なんで乱交パーティーなんかやる必要があんのかね」

「その……忙しすぎて、息抜きがしたかったからだって、那奈ちゃんは藤城さんに聞いたそうです」

佐治の直接的な言葉を聞いて、由枝子は焦ったようにつけ足した。

「那奈ちゃん、いつもはそんなところに行く子じゃないんですよ。ただちょっと、藤城さんは芸能界の先輩でもあったし、憧れてるところがあったというか……」

「わかるよ。あの王子様みてーな藤城イツキが、そんなふうに弱音聞かせちゃう子だろ？　短い時間話してただけでも、相手に誠実さが伝わる子なんだ。そうだよな？」

佐治が言うと、由枝子は多少落ち着きを取り戻したようだった。元どおりの沈んだ表情で、訴えるように切々《せつせつ》と続ける。

「本当に、いつもなら危ないところに行くような子じゃないんですけど……那奈ちゃん、最初にそのパーティーに行ったときは、ふつうの状態じゃなかったそうなんです」

「ふつうじゃない？」

「はい。友達と行ったクラブで、『藤城イツキと飲もう』ってＶＩＰルームに誘われて……何人かでお酒を飲んでたんですけど、いつのまにかひどく酔っちゃったみたいで。目が覚めたら、パーティーをやってるマンションにいたそうです」

「もしかして、それ……」

意識を失うなんて、酒に酔ったくらいではなかなかない。

デートレイプドラッグを使われたのではないか。そう言おうとしたところ、テーブルの下で佐治の手が膝に触れた。言うな、ということらしい。

見えないところで柴田を制していることなどおくびにも出さず、佐治はへらりと笑って続けた。

「へえ……まあでも俺だって、藤城イツキと飲めるって言われたらついていっちゃうかもな。そういうとこなら、ほかにも芸能人いそうだし？」

「そうですね……たしかに、芸能関係の人は多かったそうです」

由枝子は、思い出すように視線を彷徨《さまよ》わせたあと、何人かの著名人の名前を口にした。乱交パーティーに参加しているという噂のあった、トップレベルの売れっ子たちだ。

「そうかぁ。そんな有名人が揃ってるなら、みんなよろこんでついてくよな。ひどいことされても、ちょっとくらいは許しちまうかもしれないし」

「実際、あんまり嫌がる子はいなかったって聞いてます。誘われるのも、モデル志望の女の子や、駆け出しの女優みたいな子ばっかりだったみたいで」

「ふうん……それならよけいに、藤城イツキに文句つけるわけにはいかねえよな」

「そうですよね。参加してた子たちも、中川さんが藤城さんに、気に入った女の子がいたら、テレビのプロデューサーや雑誌の編集部なんかに紹介してあげたらって言ってたのを、真《ま》に受けちゃってたみたいで……」

「私、その話を聞いたことがあったんです」

それまで黙っていた実花が、横から話に加わってきた。

「藤城さんのパーティーに参加すれば、いい話が回ってくるって……そういういかがわしいことしてるの、知らなくて行っちゃう子も何人かはいたみたい。でも無理やりだなんて、いくらなんでもあんまりでしょ？　それなのに、レイプだって騒ぐ子は、その中川さんっていう人に、俺は大庭会《おおばかい》？　っていう人たちとつながりがあるから、そっちに黙らせてもらおうかって脅《おど》されるって」

「大庭会……」

柴田は、声に緊張が滲むのを感じた。

大庭会といえば、最近関東一円で勢力を伸ばしている組織だ。

「そんな……ヤクザまで出してきて脅されたら、女の子は泣き寝入りするしかないじゃないですか」

黙っていられなくなって、柴田は佐治のほうを見た。

佐治は、真剣な表情で由枝子を見据えたまま、「ああ」とうなずく。

「パーティー会場になってるマンション、正確な場所は？　由枝子ちゃん、知ってる？」

問われた瞬間、由枝子はさっと顔色を変えた。

顔面蒼白《そうはく》になった彼女は、居心地が悪そうに目を伏せる。

「私は……その、詳しいことは知らなくて」

——なにか、隠してる……？

協力的に話を聞かせてくれていた由枝子だ、その反応には違和感を覚えた。

本当に知らないんですか、と追及しようとした柴田を、またしても佐治の手が止めた。

「そっか、だいたいの話はわかった。じゃあ、俺たちも調べてみるよ」

「佐治さん……！」

「黙ってろ」

顔を寄せ、低い声で言われると、身体が言うことを聞いてしまった。自分の反応に驚いている柴田の前で、佐治はまたへらりと相好《そうごう》を崩し、「じゃ、撮影再開しよっか～」などと笑っている。

「ちょっと、佐治さん……！　せっかく手がかりがあるのに」

柴田が小声で抗議しても、すでにテーブルを離れた佐治は、「うるせー」と取り合おうとはしなかった。それどころか、「おら、ライティング変えるから手伝えよ」と、柴田を顎で使おうとする。

「……っ、くっそー……」

これまでの佐治の行動からして、なにか考えがあってのことなのだろう。

しかし、それを知らされずに動くのでは、ただいいように使われているだけではないか。

——佐治さん、俺のこと、相棒って言ってくれたこともあるのに……。

はたして柴田はその撮影のあいだじゅう、スクリーンを変えろだの、実花が座るための椅子を持ってこいだのと佐治に命じられ、通常はスタジオづきのスタッフがするような仕事の一切をやらされた。

けれどその単純作業をこなすあいだに、じっくり考える時間もできた。

取材に取りかかった当初は、ガセネタと言えるレベルでしかなかった藤城イツキの乱交ネタだ。

だがここに来て、一気に情報が増えはじめた。どころか、ただのセックス・スキャンダルだと思っていたのに、思いがけず悪質な事件である可能性が高くなっている。暴力団と薬物の存在がちらつきはじめ、犯罪のにおいすらしはじめた。

佐治に言いつけられた替えのレンズの準備を終えて、柴田はカメラの前に立つ実花を見た。

乱交パーティーに参加したという那奈は、女優を目指していたという。甘い言葉につられてしまった彼女も浅はかでないとは言えないが、夢を持ってがんばっている子たちを食い物にするやりくちには腹が立った。

人の夢を、欲望のはけ口に利用しようとしたのだ。

自分がそんなことをされたなら、絶対に許せない。あまつさえ、立場を利用して言うことを聞かせるなんて、断じてあってはいけないことだった。

中川と藤城の悪事は、なんとしてでも暴かれるべきだろう。

そんな決意をひとりで固めているところに、佐治が実花を煽《あお》る声が届く。

「おっ、いいねー、綺麗だよ〜。よし、そのままちょっと、こっち見下ろすようにして……んー、最高！　色っぽい！　なんでも言うこと聞きますって感じ！」

品性の感じられない煽り文句に、柴田は半目で佐治を見やった。

——あの人は……。

たしかに被写体である実花は、女の子らしく華奢《きゃしゃ》で、細身なわりに出るべきところは出ているというスタイルだ。連続して響くシャッター音にも、ストロボの強い光にも、少しも物怖《ものお》じする気配を見せず、堂々と前を向いている。

さすがだな、と柴田は感嘆した。

俺があれを向けられたときは、どうしていいかわからなかったのに——。

そう考えたところで、どんな格好をしているときに佐治のレンズが向けられたのか、肌に走る寒気まで思い起こしてしまった。

ぞくり、と下腹のあたりに、甘い疼きが蘇る。

昨日、佐治に与えられたばかりの、強烈な愉悦を思い出す。

あの、大きなカメラを支えている筋の浮いた腕が、骨ばった手のひらが——と無意識に目で追ってしまうのを、駄目だ、と目を瞑《つむ》って自制した。

佐治は仕事のパートナーだ、なにを考えてるんだと思うほどに、胸の鼓動《こどう》が大きくなる。

それどころか、塞ぐわけにもいかない耳に、媚びたような煽り文句が聞こえ、見当違いな苛立ちを覚えはじめる。

佐治さんは、俺以外の人も撮るんだ。もう人は撮らないって言ってたくせに。

俺だけを撮るんだと——。

あの人には、俺だけが特別なんだと思ってたのに。

「おい、柴田!」

「——は、はい……!」

「なにぼーっとしてんだよ。それ、寄越せ」

手の中のレンズを指され、柴田はにわかに正気に戻った。

佐治はレンズをつけ替えながら、柴田のほうはちらとも見ずに、引き続き実花をおだてている。

「いいねぇ実花ちゃん、膝下細いし、なによりまっすぐだよなー」

「えー、ほんとですか?」

「ほんとほんと。撮った写真見てみなよ、写真は嘘つかないからさぁ」

ぺらぺらとよく回る佐治の口に、カメラマンの仕事の一環だとわかってはいても、腹立ちが募るのを止められない。

——どうして俺が、裏切られたみたいな気分にならなくちゃいけないんだよ。

なんとなくひねくれた心境になりながら、柴田は撮影を続ける佐治を見やった。

柴田に彼女たちを駅まで送らせると、佐治は今日撮った写真を見返していたようだった。柴田がスタジオに戻ってきてからも、モニターの前に持ってきた椅子に座り込み、その場を動こうとしない。

「佐治さんも働いてくださいよ。さっきから、俺に指示出してるだけじゃないですか」

ひとりで機材を片づけるはめになった柴田は、モニターを前になにやら苦い顔をしている佐治を非難した。

「んー……」

「ちょっと、聞いてます？　……って、うわ、いつのまに」

モニターを覗くと、佐治がずっと睨んでいたのは、画面に大きく映し出された由枝子の顔だった。

「いいんですか？　本人に許可なくこんなことして」

「うるせえ。俺はな、おもしれーもんとか綺麗なもんがあると、撮りたくなる性分《しょうぶん》なんだよ」

それで無断撮影が許されるのなら、油断ならない世の中だ。そうは思えど、週刊誌の写真というのは、基本的にそういうものを撮っているのだ――しかも、本人に断りなく。

「なんっか、見たことある顔なんだよな……」

佐治は、しげしげとモニターの中の由枝子の顔を見た。

「あ、わかります。俺もそう思ったんですけど……具体的にどこで見たのかはわからなくて」

柴田もつられるようにして、由枝子の顔に注目する。伏し目がちな憂《うれ》い顔は、まるで芸術品のよう

に整っている。

「……由枝子さん、なにか隠してましたよね」

柴田には、由枝子が隠しているものが、このネタの核心に触れるようなことなのではないかという予感があった。そうでなければ、那奈のことを友人として心配していると言った由枝子が、柴田たちに隠しごとをするメリットはない。

「へえ」

佐治は、柴田にちょっと意外そうな目を向けた。

「どうした、やけに楽しそうじゃねえか」

「は……？」

にやにやと言われると、たしかにふだんの自分の態度との齟齬《そご》が気になってきた。

はじめは、事件班に行きたいという気持ちだけで追いはじめたネタだった。ゴシップなんかに、報じる意味はないと思っていた。それなのに、こうしてひとつひとつ情報が増えていくうちに、謎解きのような興奮を覚えはじめている自分に気づく。

「た、楽しくなんか……！」

ありません、とは言い切れなくて、柴田はぷいとそっぽを向いた。すでに自分は、藤城イツキの知られざる一面を見てみたいと、夢中になってしまっている。

「ゴシップなんか、もおもしれえだろ」

にやついた佐治の声に、「ゴシップっていうか」と反論する。

「さっきの話、聞いてましたよね？　ここまで来ると、ただの下世話な話じゃない、犯罪ですよ。俺は、暴かれるべきものがあるのなら、暴くべきだと思ってるだけです」

「ふうん？　そう言うなら、そういうことにしといてやってもいいけど」

わけ知り顔をする佐治に、ろくに言い返せないのが悔しい。どうしてだかこの男には、勝ったと思える瞬間がない。

「ま、あんまり正論に頼らないように気をつけろよ」

佐治は立ち上がりざま、ぽんぽんと柴田の頭を叩いて言った。

「……え？」

どういう意味だろう、と思ったそのとき、昨夜、佐治が言っていたことを思い出す。

――どれだけ正論で武装した気になっても、痛い目見て泣くのはおまえだからな。

――俺はただ、おまえに後悔してほしくねえんだよ。

「じゃあ俺は、ここの支払いしてくっから。帰り支度したら、駐車場集合な」

佐治はそれだけ言うと背中を見せて、ひらひらと手を振りながらスタジオを出ていった。

「え……っと、ここの片づけ、あとはぜんぶ俺ってこと……？」

呆然としてしまうが、出ていかれてしまったのではどうしようもない。反抗すれば、またヌード写真で強請ってくるのもわかっている。

観念して、柴田は手早くスタジオの片づけを済ませた。

帰り道は、幹線道路沿いのファミレスに寄って、夕飯がてら今後の取材について打ち合わせをする。

当面は、乱交パーティーが行われているマンションを突き止めるために、藤城イツキの交友関係を洗い、藤城本人を徹底マークして行動確認をすることにした。

ひとまず方針は決まった、ということで、その夜は各自リサーチのため、どこにも張り込みには行かず解散とする。

けっきょく——。

昨日の行為の真意には、なんら触れられていない。

そのことに気づいたのは、自宅まで送り届けられ、佐治の車を見送ったあとのことだった。

5

からん、とドアが軽やかなベルの音を立て、喫茶店に男が入ってくる。

奥のボックス席に座っていた柴田は、軽く手を挙げ、その男——真部《まなべ》に合図を送った。

真部は佐治より五つほど年上の四十代だが、眼鏡の奥のその瞳が、子供のようにほっと和《やわ》らぐのがわかる。最近、佐治とともによく飲み歩いている仲とはいえ、やはり録音ありの取材となると、多少なりとも緊張はするのだろう。

昼下がりの時間帯、先方が指定してきたレトロな雰囲気の喫茶店だ。店内には、カウンターの奥に引っ込んでいるマスターと、そのカウンターでスポーツ新聞を読みながら、ナポリタンを食べている男しかいなかった。

柴田は正面に真部を迎え、飲み物の注文を聞いて、おしぼりを持ってきたマスターに伝えた。

「ご足労ありがとうございます、真部さん」

声をかけると、真部は冷たいおしぼりで汗を拭き拭き言った。

「いやいや。今日は、佐治くんは？」

「別件のほうで手が離せなくて。俺だけなんです、すみません」

「いや、大丈夫だよ。ただちょっと、やっぱり緊張するよね……」

ははは、と弱々しく笑って、真部は照れたように頭の後ろに片手をやった。

「わかります。もちろん、答えにくいことは答えていただかなくてけっこうですし、書かれたくないことがあれば、あとからでも言ってください」

「了解」

「では……録音させていただきますね」

マスターが二人の前にアイスコーヒーを置いていくのを待ってから、ICレコーダーのスイッチを入れた。録音中であることを示す赤色のランプが、レコーダーに点《とも》る。

藤城イツキの乱交パーティーに参加して以来姿を消した女優の卵、那奈と友人関係にあったという由枝子に話を聞いてから、丸五日が経っていた。

柴田と佐治は、あの翌日、藤城イツキのマンションがよく見えるウィークリーマンションを探し出し、その一室を張り込み部屋として借りている。真部に言った佐治の「別件」とは、藤城イツキの張り込みのことだった。

藤城が外に出ていることの多い昼間は、佐治が念のため張り込み部屋でマンションを見張り、柴田がこうして聞き込みに出る。

今日の聞き込みの相手の真部は、佐治の紹介で知り合ったテレビ局のプロデューサーだ。

佐治と一緒に行動するようになって一週間が経ったころ、「今後、おたがいになにか役に立つかもしれないから」と真部を紹介してくれたのだ。予期せず、近いタイミングで協力してもらえることになったというべきだろう。

ただし佐治は、はじめ、真部のことを、テレビ局のプロデューサーだと教えてはくれなかった。恵比寿や六本木でのナンパの前後、真部と友人として飲み歩いていただけだ。

そのうち柴田は、真部のこぼす仕事の愚痴《ぐち》が、芸能界や番組制作の裏話であることに気がついた。

真部は、在京キー局という第一線で働くエリートだ。職業を知らないうちでも、愚痴であっても、彼の話は働きかたや生きかたの参考になることが多く、柴田はおおいに興味を持って真部の話を聞いていた。

そんなことが重なるうちに、真部は柴田のことを信用してくれたらしい。藤城イツキの乱交スクープに関してそれとなく探りを入れたところ、なにかを感じ取ったのか、自分から制作局のプロデューサーであることを打ち明け、協力を申し出てくれたのだ。

「といっても、ふだんはこんなこと、絶対にしないんだけどね」

真部は警戒するように周囲を見渡し、声を潜めた。

「まあ……柴田くんたちが突き止めたように、人気のある若手俳優にテレビ局が下半身の世話をするっていうのは、昔からあったことなんだよ」

「えっ……あのパーティー、主催してたのはテレビ局なんですか？」

「さすがに今は、そんなことしてないはずだよ。それこそ昔、週刊誌にすっぱ抜かれちゃって問題になったことがあってね」

「ああ……なるほど」

「だからこそ、おかしいんじゃないかと思ったんだよ。今でもそんなことしてるなら、主催してるやつになんらかのうまみがあるはずだ。テレビ局だって、下手なスキャンダルで主演俳優が評判を落とすのを避けようとして、そういうケアをしてたんだからね」

それに真部には、気にかかることがいくつかあったのだという。

「イツキがさ、二人で飲もうってときに、女の子連れてくるようになったんだよ」

「藤城イツキが……枕《まくら》営業の斡旋《あっせん》、ってことですか？」

「そんなあからさまな感じじゃないけどな。駆け出しの女優やタレント連れてきて、『どこかで使ってやってくれないか』って、女の子にもぼくにも、申し訳なさそうにしてるのよ。なにか、訳ありなんじゃないかって気がしてね」

「そうでしたか……」

実花から聞いた、乱交パーティーのために女の子を集める甘言《かんげん》を思い出す。

――中川さんが藤城さんに、気に入った女の子がいたら、テレビのプロデューサーや雑誌の編集部なんかに紹介してあげたらって言ってたのを、真に受けちゃってたみたいで……。

藤城イツキは、それを少しでも実現しようとしたのかもしれない。申し訳なさそうだったというのだから、藤城自身に罪の意識がないわけではないのだろう。

「それに、イツキの様子が、ちょっとね……」

そこまで言うと、真部は言葉を濁してしまった。

「様子が、おかしかったんですか？」

「そうだね。どうも、気になる行動が多くて」

聞けば最近の藤城イツキは、落ち込みが激しいかと思えばやたらハイになったり、体重が激減していたり、顔がひどくむくんでいたりと——いわゆる、薬物中毒の気《け》があるというのだ。

「あんまり、疑いたくもないんだけどさ。イツキは真面目なやつだから、プレッシャーもまともに感じちゃうんだと思うよ。でも、もしもそういうことに手を染めてるんだったら、やめたほうがいい。柴田くんなら悪いようにはしないだろうし、話してみる価値はあるかと思ったんだ」

現役プロデューサーの身でこんなことを話すのは、かなりの勇気がいっただろう。

それでも話してくれたのは、真部が藤城のことを思う気持ちと、柴田が勝ち取った信頼があったからのようだ。

「——ありがとうございます。教えていただいた情報は、決して悪いようにはしません。取材は、真部さんのことにも配慮して進めていきたいと思います」

「うん、ありがとう」

真部はアイスコーヒーを啜ると、疲れたようなため息をひとつついた。

「ぼくも、シャブやってダメになった業界人をたくさん見てきたよ。シャブは一度ハマると、なかなか抜けられない。イツキはまだまだこれからの俳優だ。あいつ自身が、自分を大事にしてやらなきゃどうするんだ」

このネタを追いはじめたとき、藤城イツキの出演作を調べた柴田も、彼の今までの仕事にはひととおり目を通していた。単に王子様キャラというだけでなく、藤城の演技はどの出演作でも素晴らしく、世間が彼のことを好きになり、期待するのもわかる気がした。

「……本当に、そう思います。俺だって、これからも藤城さんの活躍が見たいです」

だからこそこのネタは、真実が判明するまで詰め切らなくてはいけない。

決意をこめてそう言うと、真部にも、柴田の思いが通じているようだった。

それから少しの世間話をしたあと、真部には丁重《ていちょう》に礼を言って別れた。

佐治が張り込んでいる部屋に向かいながら、柴田は人知れず考える。

芸能スクープの取り扱いは、政治ネタなどに比べて割り切れない点があった。

たとえば政治家のスキャンダルなら、その主体が政治という公《おおやけ》の営《いとな》みに関わる人間である以上、大衆はそれを知る意味がある。

しかし、報じられる主体が、芸能人であった場合はどうか。

芸能人が誰とつき合っていようが、どんな嗜好《しこう》を持っていようが、それはそもそも個人の自由だ。わざわざ世の中に知らしめたところで、本当のところは意味がない。それを単純に報じるだけでは、本来守られるべきプライバシーを、興味本位に暴き立てているだけだと柴田も思う。

ただ、今回のように、強姦まがいのセックスが行われ、薬物の使用までも絡んでいる可能性があるとなれば話は別だ。いくらそれが、人気俳優のプライバシーに関わることであったとしても、犯罪を見過ごすようなことはできない。

しかし薬物疑惑は、ニュースの中でもトップレベルに難しいネタだ。

実名で書き、名誉毀損《きそん》の訴訟《そしょう》にもつれ込んでしまった場合、書いた側がまず負ける。聞き込みで得た情報や証言を裏も取らずに報道する、いわゆる〝飛ばし記事〟には絶対にできない。

無論、イニシャルだけを掲載しても、藤城イツキほど影響力のある人物ならば、記事としてはある程度ものになるだろう。

けれど、デスクの熊谷が「このネタを字にできたら」事件班に行かせてやると言ったのは、そんなぬるい記事ではないはずだ。

なにより、これはすでに事件と言えた。

藤城イツキのしていることが本当ならば、それはもはや犯罪だ。

柴田は、張り込み部屋に入る前に、遅めの昼食を調達しようと近くのコンビニに立ち寄った。

昼どきを大きく過ぎたコンビニには、あまり客も多くない。来客を告げるチャイムの音が、のんびりと牧歌的に聞こえる。

けれど柴田は、背中に冷や汗をかくほど緊張していることを自覚した。

このネタを字にするには、証言だけでは不十分だ。訴訟のリスクを回避《かいひ》するには、客観的な証拠をつかまなくてはならない。

第三者にもひと目でわかる、客観的証拠——。

もっともわかりやすいものをひとつ挙げるとすれば、それは写真だ。

弁当が並んでいたはずのショーケースは、時間が悪いのだろうか、品物がほとんど残っていなかった。散漫な意識で弁当を見繕い、適当に食べられるパンやバランス栄養食を買い物かごに放り込んで、レジへと向かう。

『週刊ズーム』の編集部に配属されて一年と四か月、追いかけたことのないレベルの特ダネだった。身体が細かく震えているのは、大きなネタの尻尾にしがみついてしまった恐ろしさゆえなのか、そのネタに立ち向かおうと奮い立っているからなのか、柴田にはもうわからない。

ただ、そんな状態でも胸に浮かぶのは、張り込み部屋にいるはずの人物だった。

今回、事件の決定的な証拠を押さえるのは、写真を撮るカメラマン——佐治になるはずだ。

ひさしぶりにスクープを撮れたなら、人を撮ることになんらかの抵抗を感じているらしい佐治も、少しはやる気を取り戻すのではないか。

そのためにも、このネタをものにしたい。

そこまで考えたところで、柴田ははたと我に返った。

——なに考えてるんだろう。別に佐治さんと俺は、仕事仲間って以外なんのつながりもないのに。

いらないことを考えるのはやめようと、たどり着いたレジに買い物かごを差し出した。

なにも考えずに選んだはずなのに、あたためますか、と訊かれた弁当が、佐治の好物《こうぶつ》の唐揚《からあ》げだったことが悔しかった。


そんなふうに、道中彼のことばかり考えてしまっていたにもかかわらず——。

張り込み部屋の扉を開けた瞬間、柴田は思い切り苦い顔をした。

「おー、柴田。おかえり」

六畳ワンルームのウィークリーマンションだ。

右手側の壁に作りつけられた簡素なベッドは、佐治が寝泊まりしているため乱れている。ベッドと反対側の壁には、テレビが置かれている棚と、申し訳程度のキッチンが設《しつら》えられていた。

カーテンを閉めた窓際には、三脚に取りつけたカメラが陣取っている。

「……なにやってるんですか」

藤城イツキは、仕事に出かけているのだろう。佐治が床に置いているパソコンのモニターには、先日話を聞いた由枝子の顔が大写しになっている。

「いや、やっぱ可愛いなーと思ってなー。素人にしとくのはもったいねえよ」

見ろよこの睫毛《まつげ》の長さ、と佐治は感心したように腕を組み、由枝子の顔を矯《た》めつ眇《すが》めつ眺めている。

柴田は脱力ついでに、手にしていたコンビニの袋をどさりと床の上に下ろした。

「お、待ってました。飯だ飯」

お預けを食らっていた大型犬かなにかのように、佐治はがさがさとコンビニ袋を漁《あさ》りはじめる。

——なんで俺……こんな人のこと気にしてたんだろう……。

柴田は、なんとなく徒労感を覚えずにはいられなかった。

そのかたわらで、唐揚げ弁当を見つけた佐治は、「わかってるねー」とパッケージを開封し、由枝子の顔立ちを称えながら白米をかき込んでいる。

呆れるを通り越してぐったりし、柴田はメロンパンの袋を手に取った。

——女が好きなわりには、俺にまで手出したりして……節操《せっそう》なしかよ。

ふてくされたような考えが頭に浮かび、違う違う、とメロンパンに嚙みつく。

一週間ほど前、淫《みだ》らな行為を仕かけられてから、柴田はけっきょく佐治の真意を訊けずにいる。

なにごともなかったかのように振る舞う佐治は、あの夜のことを覚えていないのか、それとも、些細《ささい》なことだと無視しているのか。性欲が満たされるなら誰でもいいのかと思いもしたが、それにしては柴田ばかりが快感を得たようで、どうも合点《がてん》がいかなかった。

自力でその答えにたどり着こうとするものの、何度目かという失敗を味わい、すでに弁当をほぼ平らげている佐治に訊く。

「ところで、藤城イツキはどうしてます？」

「今、レギュラー番組の収録だってよ。今日の出発時間だと、たぶんまっすぐ局に向かうコースだ」

「へえ……そんなこと、よく調べがつきましたね」

収録日くらいならなんとか調べられなくもないが、どの時間帯に自宅を出ればまっすぐ仕事に向かうコースかなんて、ちょっとやそっと調べたくらいではわからないだろう。

今、失望しかけたばかりの気持ちが、現金にも尊敬に傾く。ここで張り込みをはじめてから五日目だ。その短期間で、新しいネタ元を見つけ出したのかもしれない。

だが佐治は、「いいや？　ぜんぜん手間じゃねえよ」とこともなげに窓の外を指した。

「あそこに張ってる、藤城イツキファンのねーちゃんたちに聞いてきた」

「ど……どこに!?」

「なに言ってんだよ、こないだマネージャーの車追っかけてきたときもいただろ。マンションの前の電柱の陰。今日は木曜だから、ゆかりちゃんが当番じゃねえかなー」

カーテンを細く開け、窓の外に目を凝らす。

するとたしかに、電柱の陰に妙齢の女性が佇《たたず》んでいた。

「ゆかりちゃん……佐治さん、あの人と話してきたんですか⁉」

「おー、もちろん」

「ど、どうやって⁉」

「え？　別に……藤城が撮影行ってるとき見計らって、ちょっと煙草買うついでに。ゆかりちゃんは月木が当番だっていうから、話したのは月曜じゃねえかな」

それがどうした、と言わんばかりの様子に、柴田のほうが目を剝いてしまう。

「当番制、なんですね……」

「売れてるやつほどありがちだよな。変な女に食われないようにってことらしいけど」

乱交してるんじゃ意味ねえよなあ、と佐治は朗らかに笑った。

「まあ……たしかに……」

「とにかく、藤城は今日、少なくとも深夜までは仕事に出てるらしい。それまでいったん休憩だな。収録が終わる時間に、局出るところ張ればいいだろ」

「そうですね……」

「――で、そっちはどうだった？」

そういえば、とはっとして、真部に聞いた藤城イツキの薬物疑惑を手短に話す。

すると、さしもの佐治も低く唸った。

「クスリか……難しいな。受け渡しとか……実際にやってるところとか？　決定的なシーンが撮れなきゃ、まともに記事にもできねえってことか」

「はい、そうなると思います」

佐治はそのまま、しばらく宙を睨んでいた。

が、ふと柴田に視線を戻すと、ぱっと破顔《はがん》して手を伸ばしてくる。

「にしても、おまえ、よく真部からそれだけ聞き出せたな。偉い偉い」

犬にするみたいに両手でわしわし撫でられて、柴田はじたばたと暴れた。

「ちょっと……佐治さん、俺のことなんだと思ってるんですか……！」

――っていうか、あんなことしておきながら、なんでそんなに気安く触れられるんだよ……！

かあっと体温が上がるのを抑えられず、佐治の手から逃れようともがく。

だいたい、褒められはしたものの、真部が話してくれる気になったのは、佐治が柴田への紹介の仕方に気をつけてくれたからだ。真部のことをはじめからプロデューサーだと知っていれば、柴田だってもっと性急なアプローチをしただろう。聞き込みの手柄は、佐治にこそあるはずだった。

真部が柴田のことを認めてくれたからこそ、藤城イツキを思いやる心のうちまで話してくれたわけで……と、そう考えているうちに、真部の曇った表情までも思い出してしまう。

――イツキは真面目なやつだから、プレッシャーもまともに感じちゃうんだと思うよ。

佐治の両手に頬を挟まれたまま、柴田はしゅんと肩を落とした。

「おいおい、どうした」

急に大人しくなった柴田の頬を、佐治がむにっとつまんでくる。

「なんだ、元気ねえな。ちゅーしてやろうか？」

「やめてください。……なんていうか、藤城イツキも、やっぱり大変なんだなと思って」

柴田が調べたところによると、素晴らしい演技をするにもかかわらず、藤城はもともと俳優になりたいわけではなかったという。習いごとのかわりに入った劇団で、有名な舞台の子役に抜擢《ばってき》され、以来周囲に期待されて仕事を続けてきたそうだ。

「あれだけの売れっ子になれば、まわりの期待だって相当ですよね。俺は茶の間でなんとなく見てただけだから、モテていいなあって思ってるだけでしたけど……自分のこと、そうやって全国の人が見てるんだと思うと、失敗なんてできませんよ」

その重圧は、柴田にもよくわかった。

今だって、スクープの尻尾をつかんだというのに、よろこびよりも不安に思う気持ちのほうが遥かに大きい。

売れっ子俳優・藤城イツキのスクープだ。興味を持ってくれる人は多いはずだ。

それだけに、取材にどこか不備があれば、記事全体の、いや、雑誌全体の信用を失くしてしまう。

その責任は重大だった。

きり、と胃のあたりが痛んだ気がして、柴田は胸元に手をやった。

先週、佐治の事務所で眠って以来、鳴りを潜めていた胃の痛みだ。

「おまえも大概《たいがい》、プレッシャーには弱そうだもんな。藤城イツキとおんなじように、優等生で期待されてきたくちか？」

からかうように言われるが、どうせ胃を痛めていることなどばれているのだろう。そう思うと逆に気分は軽くなり、「まあ、そうなんでしょうね」と素直に答えた。

「そんな優等生が、どうして週刊誌の記者なんてやろうと思ったんだよ」

「そうですね……最終的には、就職に失敗して、っていうか」

優等生、と言われることには、今でも少し抵抗がある。

自分自身は、やるべきことをやってきただけだと思うからだ。

幼いころから、宿題をきちんと済ませ、予習復習をしていただけで、そこそこ偏差値の高い学校に入学できた。その流れでいい大学に進学すると、どこに就職するのと訊かれた。

どんな仕事に就こうかと考えたとき、一番に思い浮かんだのは、尊敬する叔父《おじ》の仕事だった。

新聞記者の叔父は、国の内外を問わず飛び回り、会えばいつでも興味深い話を聞かせてくれた。博識で、いくつになっても精力的な彼は、大人たちの中でもとりわけ輝いて見え、憧れていた。

新聞記者になりたい。

そう考えた柴田は、そのための準備をしなければと、大学では新聞部に所属した。

学生新聞の記者として、キャンパス内に不審者が出るという噂の聞き込みをし、注意喚起《かんき》の記事を書いた。すると、その記事を読んだ学生たちの通報で、教授のひとりが逮捕されるに至った。柴田が二年生のときに書いたその記事は、全国規模の学生新聞コンテストで大賞を獲った。

しかしその後、その教授が解雇《かいこ》されると知ったときには、ペンの力を重く感じた。

「教授がやってしまったのは、暴かれるべきことだったと思います。でも……俺の書いた記事が、教授や、その家族の人生を変えてしまった。そんなふうに思ったのがいけなかったのか――それとも、賞を獲ったことで、どこか慢心してたのかもしれません。いずれにせよ、就職活動で第一志望だった新聞社はぜんぶ落ちました。かろうじて引っかかったマスコミは、今の会社だけです」

存外真面目に聞いていた佐治が、「ふうん」と相槌のような息を漏らす。

「それなら最初、俺が言ったのって、ほんとに図星だったわけな」

はじめて佐治に対面した日、「新聞社には落ちた優等生」と図星を指されてかっとなったことを思い出し――思えばあそこでかっとなってしまったのが、ヌード写真を撮られたことにはじまる一連の強請りの発端《ほったん》となったのだが――、柴田は頬を熱くした。

「そういうことです。仕方がないので、新聞社じゃなくてもジャーナリストにはなれる、だから出版社の中でも週刊誌の、事件班や政治班、社会班に行きたいって、ずっと希望を出してたんですけど」

「よりにもよって、芸能班に回されたと」

佐治は、いかにもおかしそうに肩を揺らした。「笑わないでくださいよ」と憤慨《ふんがい》したが、そんなふうに笑われてしまえば、瑣末《さまつ》なことであるようにも思えてくる。

「とにかく、芸能班に回されて……担当するゴシップについては、悪いことしてたり、いやらしいことしてたりする人たちなんだから、暴かれて当然だって思ってるところもあったんです。自業自得っていうんですか？　でも、さっき、真部さんの話を聞いてるうちに――学生のころ、本当にそうなのかなっていう気分になったこと、思い出して」

人の一生を揺さぶりかねない記事を、はたして書くべきなのか――それを、広く周知する意味はあるのか。立ち戻って考えてみると、硬派な記事もゴシップも、同じ迷いに行き着くのだった。

「まあ、それを迷うようなやつだったら、新聞より週刊誌のほうが向いてんじゃねえのか。新聞のジャーナリズムと、雑誌のジャーナリズムとは違うだろ」

「……そうでしょうか」

「そりゃそうだよ。新聞の売りは速さだろ、おまえみてえに頭でっかちなやつは、切り口に迷ってる暇くらいはある雑誌のほうがいいんじゃねえの」

いつのまにか、柴田の頬から手を離していた佐治は、今度はこつんと頭を小突いた。

「……やめてくださいって、もう」

こういう性的でない接触こそ、優等生と言われて周囲から遠巻きにされていた今までの柴田には、経験しえないことだった。柄にもなく、胸の奥があたたかくなる。

柴田の表情の変化を見て取ったのか、佐治は自分も口元をゆるめて言った。

「でもまあ、それが仕事になった今、なにを書いてなにを書かないか、決めるのはおまえひとりじゃないからな。俺だって、この道十五年くらいにはなるけど、いまだに迷うことあるぞ」

「……撮るかどうかを、ですか」

「いや」

佐治は床に手を突いて、くつろぐように上体を斜めに倒した。

「今回の藤城の件もそうだけど、写真ってさ、ありのまましか撮れねえもんだから、場合によっては確たる証拠になるわけよ。どれだけ会見でごまかしても、あの写真があるからその発言は嘘ですねって言い切れるような」

「強いですよね」

「だろ？　場合によっては、人ひとり殺せる凶器だよ」

佐治の声は、おだやかに続く。

「俺は仕事としてそのスクープ撮るって決めた以上、絶対に撮る。迷ったり悩んだりするのは、撮ったあとだよ。でもな、載せるかどうか決めるのは俺じゃない。担当記者やデスク、編集長に会社——おまえで言えば、元ネタ持ってきた記者や、デスクの熊谷さんがいるだろ」

「……はい」

「よってたかって、載せるかどうか迷って悩んで決めるんだ。あいつらだって、鬼でもひとでなしでもねえんだからな。あんまり緊張しなくても、みんな、おまえがやることやってれば、おまえひとりに責任押しつけたりなんかしねえよ」

佐治の手が、そっと柴田の耳元に触れる。

そのぬくもりを感じると、ひとりではないのだと実感されて、じわりと視界が滲みそうになる。

やばい、ととっさに顔を伏せると、佐治はまた、柴田の後頭部をくしゃくしゃと撫でてきた。藤城イツキにも、乱交や薬に溺《おぼ》れる前に、こんな人がそばにいてくれたらよかったのにと思う。

「……藤城の薬物使用が本当なら、どうしてそんなことになったのか知りたいです」

「——そうだよな」

やさしい声音に誘われるように、柴田は佐治の顔を見上げた。

「っていうか俺は、藤城イツキが乱交パーティー、プレッシャーに耐えかねて薬物使用って記事が出たら、安心すると思うけど」

「安心？」

「おう。なーんだって思わねえ？　王子様みてーな顔してるくせに、やっぱりチンコついてんだな、人並みに緊張して、ヤりてーとかゲスいこと考えてんだな、俺と同じじゃねえか、って」

「まあ、たしかに……」

「当たり前だけど、犯罪は褒められたことじゃねえぞ？　でも心のどっかでは、キレーな顔ばっか見せられるより、よっぽど応援してやりたくなるけどな。そういう人間らしいとこ見られるのが、ゴシップのいいとこだよ」

手のひらが、いたわるようにやさしく耳殻に添えられる。

親指の腹に頬を撫でられながら、本当に、藤城にもこんな人がいればよかったんだと思う。

この人なら、なにか失敗したところを見せてしまっても、落胆されることはないかもしれない。できないことがあっても、弱いところがあっても、人間らしいと受け止めてくれる、深い懐《ふところ》を持った人。

柴田はほんの少しだけ、藤城イツキの気持ちがわかる気がした。

日々の仕事は、待ってはくれない。みずからの責任で、やらなくてはならないことがある。

そんな中、ひとときでも、なにもかも忘れられるくらいに深い愉悦に出会ってしまえば——たとえ間違っているとわかっていても、溺れてしまうのも無理はない。

大きな手のひらに抱き寄せられ、ゆったりと髪を撫でられて、まぶたが重くなってきた。

「しばらく寝てろ。夜になったら起こしてやる」

「ん……、……」

「——潰れる前に、ちゃんと頼れよ。相棒」

まどろみの中に響く甘い声、肌に感じるぬくもりは、まるで麻薬のようだった。

6

「だからって……」

声を細かく震わせて、柴田は鏡に向き合っていた。

桃色の唇に上気した頬、マスカラで長く伸びた睫毛に、毛先だけ軽く巻いた栗色のロングヘア。体型をカバーするすとんとしたかたちのワンピースは、白い肌に映えるコバルトブルーだ。

さすがはプロの手によるメイクだ、と賞賛したいほどだった。

なかなか可愛い。意外と好みだ。――鏡の中に映っているのが、自分の姿でさえなければ。

「なんっ……で俺が、女装なんか……!」

振り仰ぐと、ウィッグの毛先が背中に流れ、いつもと違う感覚にぞわりとする。

柴田の後ろに立つ佐治は、にやにやと愉快そうに笑っていた。

「しょーがねーだろ。藤城たちが行ってるクラブ、男だけのグループじゃ入れねえんだから」

「って、佐治さん……」

「ん？　なんだ」

軽く首をかしげる佐治は、オールブラックのジャケットにインナー、細身のパンツと、若い男では滑稽《こっけい》にもなりそうなコーディネイトを、色気とともに着こなしている。驚くほど様《さま》になっている姿に、あっけに取られて口が開く。

「どうした、間抜けヅラして」

「な……なんでもないです」

ふわりとうなじが熱くなった気がして、柴田は急いで顔をしかめた。

「でも、そういうことなら、佐治さんが女装すればいいじゃないですか」

「おまえ、本気で言ってんの？　どう考えたっておまえのほうが可愛いだろうが」

佐治は調子よく、メイク台を囲む女子編集部員たちに「なあ？」と同意を求めている。

「そうだよー、佐治くんじゃこんなに可愛く仕上がらないもん。ね？」

「うんうん。柴田くん、ひげも薄いし、脚も細いし。完璧」

満足そうにうなずいている女性ふたりは、『週刊ズーム』の三階上に編集部を構える女性誌『Key』の編集長と、『Key』でよく世話になっているらしいメイクアップアーティストだ。いつか恵比寿で実花たちをナンパしたとき、佐治が編集長のことを友人だと言っていたのは本当だったらしい。

「それにほら、これで佐治くんともお似合いだし」

編集長は、女子学生のようにはしゃいでいる。

「お似合い、って……」

「ほら、むくれた顔しないで、柴田くん。美人さんが台なしよー？」

メイク台のまわりに集った女子編集部員たちに囃《はや》されてしまうと、社内でもほぼ新人枠に属する柴田は、反抗する言葉を持たなかった。

彼女たちのなすがまま、腕を引かれて大きな鏡の前に立つ。

「おー、柴田、おまえやっぱり可愛いな」

そんなことを言いながら隣に立つ佐治のほうこそ、文句のつけようのない男ぶりだった。大人の夜遊びにふさわしい装いに、ついつい視線を吸い寄せられる。

「……ずるいですよ。男だけじゃ入れないんだったら、佐治さんも女装すればいいじゃないですか」

悔し紛《まぎ》れにそう言うと、佐治は「お？」と軽く目を見張った。

「ここのフロアのお嬢さんがたに、女装だけじゃなくてヌードも見てもらうか？」

「……ですよね……！」

憤懣《ふんまん》やるかたなくそっぽを向くと、くつくつと笑う声が背中に聞こえる。

ちらりと鏡に目をやると、佐治はジャケットのポケットから、白いアクリルビーズのネックレスを取り出したところだった。シャンデリアのようなかたちにビーズが連なる、大ぶりのものだ。

「まあそうカリカリすんなって。可愛いって言ってんじゃねえか、機嫌直せよ。な？」

鏡の中では、女の格好をした自分が、盛装した佐治にネックレスをつけられている。続けて、揃いのイヤリングを出してきた佐治は、柴田の耳たぶに手を触れた。

「……、ッ……」

ぴくり、と強張った身体に佐治が気づいたかどうか、顔を見る勇気はとてもなかった。

だが、そのあとすぐに「よし、ちょっと喋ってみろ」と言われたところをみると、とくに意識していたわけでもないのだろう。

「……どこで見つけてきたんですか、こんなの」

なにを思えばいいのかわからず、柴田は口を尖らせた。

佐治はそんな柴田には構わず、艶やかに整えた髪が落ちかかる耳元に手をやっている。

「おーし、聞こえる聞こえる」

柴田の耳元のイヤリングからも、佐治の声が小さく聞こえた。佐治がどこからか調達してきたこのイヤリングには、超小型の音声送受信機が組み込まれているそうだ。佐治は佐治で、耳の後ろに同じタイプの送受信機を仕込んでいる。

「友達に、こーいうのの調達が得意なヤツがいてな。おい、柴田、カメラ持ったか?」

「あ……はい、持ちました」

ワンピースのポケットに、小型のデジカメを忍ばせた。準備万端整ったところで、佐治はこちらに腕を差し出してくる。

「よし、行くか」

にっと笑みを浮かべる佐治は、どうやったらこんなに人が変わるのかと思うほどに凜々《りり》しく、成熟

した色香にあふれていた。

差し出された腕に一瞬躊躇い、ままよ、と手を添える。

きゃあっと編集部員の声が上がるが、この際気にしていられない。みんな、潜入取材の仕込みに協力してくれた人たちなのだ。

行ってらっしゃーい、と華やかな声に見送られ、ハイヒールの足元をふらつかせながら、『Key』の編集部をあとにした。週明け、礼に来なければならないことはわかっているが、できるならこのフロアにはしばらく近寄りたくない。

ビルのエントランスに向かうエレベーターには、柴田たちのほかに誰も乗っていなかった。

それもそうだと、腕にはめた時計を見る。

もう夜もそこそこいい時間、二十一時を少し回ったところだ。あの会員制クラブの関係者だという佐治の友人とは、現地で二十二時に待ち合わせているらしい。今から佐治の車で向かえば、駐車場に車を入れても、ちょうどいい時間に着けるだろう。

「それにしても——見事なもんだな」

隣を見ると、ポケットに手を入れた佐治がこちらの顔を見下ろしていた。

「これだけ綺麗に化粧してもらえば、男だなんてわかんねえよ」

「……っ……」

指の背で頬に触れられ、柴田はひくりと肩を揺らした。

密室に二人きりだと意識してしまい、じわりと頬が熱くなる。

昨日、張り込み部屋で佐治の手に撫でられながら、柴田はまたしても眠ってしまった。連日の取材や張り込み、極度の緊張で、疲れも限界だったのかもしれない。

目が覚めたのは数時間後、夏の長い陽が暮れようかというころだった。

『――おい、柴田、起きろ』

『……ん……』

軽く肩を揺さぶられ、いつのまにか横たえられていたベッドから起き上がる。佐治が寝かせてくれたのだろう。柴田を起こした当人は、すでに窓際でカメラのファインダー越しに、カーテンの隙間から外を見ていた。

ただならぬ雰囲気だ。柴田も頭を切り換えて、窓際に向かった。

佐治と入れ替わるようにして、ファインダーを覗き込む。

カメラが捉えているのは、藤城イツキのマンションの斜め前あたり、路肩に寄せられている車だ。

その車の中にいるのは――。

『あれ……あの人、もしかしてカメラ持ってます……?』

『ああ。「週刊当世」のカメラマンだ、顔に見覚えがある』

『えっ……まさか、同じネタ追っかけてるってことですか⁉』

以前、交番勤務の警察官に、この近くで通報された記者がいると聞いたことを思い出す。

佐治も神妙な面持ちで、『ありうるな』と唸った。

『あの車、こないだクラブの前でも見たんだよ』

『じゃあ、あのクラブまでは突き止めてるってことですか』

『だな。まあ、ただスクープ嗅ぎ回ってるだけかもしれねえけど。警戒するに越したことはねえ』

柴田は、呆然とファインダーから目を離した。

『そんな……』

もし『週刊当世』が藤城イッキの乱交パーティーや薬物疑惑に感づいているのなら、ここからはスクープ合戦だ。他誌が先に記事にしてしまえば、ネタの価値は暴落する。佐治と積み重ねてきた取材は、水泡《すいほう》に帰《き》してしまうのだ。

『まずいですよね……裏取り、急がないと』

そう言ってはみるものの、どうしたらいいのか具体的な方策がまったくない。どうしよう、と思い浮かぶのはそればかりで、歯噛みしたいような気分になった。

『焦るなよ』

ぽん、と頭になにかが載ってはっとすると、それは佐治の手のひらだった。

『そう思って、ちょっと話つけといたから』

『話?』

『ああ。あのクラブの関係者に、ダチがいてな。ちょうど明日、金曜だろ?』

そういえば先週、藤城と中川があのクラブに出かけたのも金曜だった。マンション前に立っている藤城イツキファンからも、金曜の夜は帰ってこないことが多いという証言を取ってある。

そんなわけで――。

その翌日の今日、あのクラブに潜入取材をすることになったのだが。

エレベーターで佐治と二人きりという状況から目を逸らすため、自分の格好を見下ろしてみる。

よく一日で、これだけの準備が整ったものだ。

佐治は、柴田が眠っていた数時間のあいだに、クラブの関係者である阿見谷《あみや》という男と話をつけ、『Key』の編集長に連絡して変装の段取りを整え、さらにはアクセサリーに仕込んだ通信機器の手配まですっかり済ませて、柴田を起こしたらしかった。

――俺、なんにもしてないのに……いいのかな、こんなの。

エレベーターを出て、佐治の車の助手席に乗り込みながら、柴田は少し考えてしまった。

本来なら、編集部所属の記者とカメラマンは、佐治がときおり言うとおり、よき相棒であるべきだ。ところが、自分と佐治ときたら、経験の量に絶対的な差があるとはいえ、とても対等に取材の成果を上げられているとはいえない。

そんな状況でもあることだし、自分が適役だというのなら、女装もいたしかたない――と考えかけて、いやいや、とかぶりを振る。女装ではなくても、できる仕事はあるはずだ。

そんなふうに思い煩《わずら》っているうちに、車は六本木の駐車場に入った。

佐治と柴田は、阿見谷と合流することになっているクラブ『J』へと向かう。

二十二時、十分前だ。

「よお」

手を挙げた佐治に応えたのは、ネオンに照らされ、クラブの前に立っていた男だった。

「待ち合わせ相手の阿見谷だ」

佐治に紹介された男は、佐治と同じくらいの年ごろだろうか。すらりと背が高く、背中まで伸ばした色素の薄い髪の毛を、ひとつに束《たば》ねて括っている。線の細い顔がやたら綺麗な、ともすれば女と見まごうほどの優男《やさおとこ》だ。街ですれ違ったなら、芸能人かモデルかと二度見してしまいそうだった。

その綺麗な顔の目を見開いて、阿見谷は柴田のほうを見た。

「へえ、この子が？」

柴田が男だと知っているのだろう、「似合うよ」と小さく微笑んだ。

会釈しながら、なるべく小さな声で「柴田です」と名乗る。ハスキーボイスで通らないことはないだろうが、必要な連絡以外ではなるべく喋らずに済ませると打ち合わせていた。

「おう、柴田のトモちゃんだ。今日はよろしくな」

ばんと背中を叩かれて、柴田は喋るまいと心がけた矢先から、「痛った！」と声を上げさせられた。

「ちょっと……なにするんですか、佐治さん！」

「でけえ声出すなよ。行くぞ」

誰のせいで、と言い返せもしないうちに、腰にするりと腕を回される。

驚いて背筋を伸ばすが、隣の佐治はなんとも思っていないようだ。

ただのエスコートだ、女の子にするみたいな、とこっそり深呼吸する。動揺を隠そうとすると、つい憮然《ぶぜん》とした態度になった。

「……っていうか、なんですか、さっきの」

「さっきの？」

「その……名前」

「ああ、トモちゃん？　知幸って名乗るわけにいかねえだろ」

「まあ……そうですけど」

受付に向かいながら、なぜかそわそわしてしまう。名前、覚えてたんだ、と思うと、うれしいようなこそばゆいような、なんとも言えない気持ちになった。

阿見谷の先導で受付を抜け、階段を下りる。

フロアに出ると、重低音が胸を押すような音量でダンスミュージックが流れていた。さすがは金曜の夜といったところか、地下のフロアは混んでいる。青いライトにぼうっと浮かび上がる空間に、若い男女が肌の触れ合う距離でひしめく。

クラッチバッグを持った手に、じっとりと嫌な汗をかいていた。

こんなにたくさんの人がいて、藤城イツキを見つけ出せるものだろうか。いや、そもそも、彼は今日、この場に現れるのだろうか。

他誌も追いかけていることを考えると、なるべく早く確定的な証拠をつかまなくてはならなかった。どうか今日、証拠がつかめますようにと祈る。

そのとき、佐治の腕にぐっと力がこもり、柴田の身体を引き寄せた。

「わっ……」

「――おい、さっそくおいでなすったぞ」

弾かれたように、佐治の視線の先に目をやると――。

いた。

フロアの端を足早に横切るキャップの男は、眼鏡で変装してはいたけれど、間違いない、藤城イツキだ。藤城の前で、人ごみをかき分けるように進んでいるのは、スキンヘッドにキャップをかぶった中川だった。

「ほんとに、いた……！」

「よし。じゃあゆっくり移動だ」

佐治は柴田の身体をぴったりと抱き寄せ、藤城イツキたちが向かった店内奥へと歩を進める。

混んでいるので、歩くだけでもひと苦労な上、履き慣れないハイヒールだ。

佐治が支えてくれるのはありがたいが、こんなにくっつかなくても、と思う。自然と速くなってしまう鼓動を隠せない。

ひとりでどぎまぎしているあいだに、フロアの最奥、バーカウンターの前にたどり着いた。

そこで藤城イツキと中川がＶＩＰルームへと入っていくのを確認したら、計画の第一段階はひとまず終わりだ。

「はぁ……」

どっと疲れて、柴田はカウンターの一番端に寄りかかった。

あとは、ここで藤城たちが出てくるのを待ち、尾行する。うまくいけば、乱交パーティーを開いているマンションに向かうだろうから、そうなったら、佐治がメンバーの友人のふりをして潜入するという手はずになっていた。マンションへの潜入は自分がやる、と申し出てはみたのだが、佐治のほうが場数を踏んでいるので、うまく立ち回れるだろうということだ。

「首尾は上々ってとこだな、お疲れ」

いつもはくしゃくしゃと髪をかき回す佐治の手が、今日はウイッグに気を遣っているのだろう、さらりとウイッグの髪越しにうなじを撫でる。

「……っ、はい……」

いやらしいことをした相手にこうやって触れてくるなんて、どんな神経をしているんだと思う。

けれど、触れられるとうれしくて、主人の膝に乗る犬のように、思うさま撫でさせてしまう自分が不思議だ。

そのまま触れさせていては、妙な気分になりそうだった。

柴田は足元を見下ろし、話題を変える。

「けっこう疲れますね、これ。女子のこと、ちょっと尊敬しました」

ハイヒールの踵《かかと》を鳴らすと、佐治はおかしそうに笑った。

「だろうな。よし、飲み物は取ってきてやるよ」

「お願いします」

金曜の夜だというのに、潜入取材と車の運転のため、アルコールは口にできない。ノンアルコールのビールかカクテルだろうなあ、と思っていると、ふいに肩を叩かれた。

びくりとして振り返ると、二十代後半くらいの男が二人、柴田のそばに立っている。

「あ……あの、なにか?」

なるべく高い声を作って言うと、大音量で流れる音楽のおかげか、怪しまれたふうではなかった。

「うん、ごめんね、いきなり」

「おねーさん、可愛いのにひとりかな、と思ってさ」

一般人にしては、やけに見目《みめ》のいい男たちだ——そんなことを考えているうちに、ぴんときた。

向かって右、人懐っこい垂《た》れ気味の目をした男は、乱交パーティーに参加している若手俳優が出演した舞台の共演者だ。

もしや、と柴田の背筋を興奮が走った。

もしかするとこれは、飛んで火に入るなんとやら。

「そうなんです。一緒に来る予定だった子が、用事できちゃったみたいで」

柴田にしては、とっさの嘘もうまくつけたほうだろう。プロのメイクの腕を信じ、にっこりと笑ってみた。男たちが、ナンパの成功を期待して、勇《いさ》み立っているのがわかる。

「じゃあさ、オレたちと一緒に飲まない？」

「今、ＶＩＰルームで飲んでるんだけどさ。藤城イツキとかいるよ」

「えっ、ホントですか？」

なるべく可愛らしく聞こえるようにがんばりながら、ちらとカウンターの端に目をやった。

佐治はドリンクの列に並びながら、スマートフォンを操作している。阿見谷と連絡を取り合っているのだろう。一度受付を通ってしまえば、阿見谷がいなくても店を出ることはできるので、阿見谷はすぐに店を出て、外で張り込んでくれている。

「行こう」と言う男たちに連れられて歩きながら、イヤリングに向かってこっそりと呼びかける。

「佐治さん」

呼びかけは、フロアの音楽にうまく紛れているようだ。少し先を行く男たちは、こちらの声に気づきもしない。

『おう、なんだ柴田……って、おい！』

ぱっとこちらを向いた佐治が、焦ったようにバーカウンターの列を離れた。

『おまえ……なにやってんだ、戻ってこい！』

「大丈夫ですって。それより、ビンゴですよ！　こいつら、藤城イツキの連れみたいです」

『はぁ？　それならよけい危ねえだろうが、今すぐ戻っ……あ、ごめん、大丈夫？』

フロアを横切って追いかけてこようとしていた佐治が、女の子にぶつかったらしく謝る声が聞こえてくる。この混み具合だ、こちらに追いつくのは不可能だろう。

「このまま行かせてください。藤城たちに近づけるチャンスですよ」

『バカ。いいから戻ってこいっつってんだよ！』

「危ないことなんてありませんよ、女の子じゃないんだから。それに――俺にも、佐治さんの相棒らしいことさせてください」

『はぁ？』

「いつまでも万事整えてもらってるばっかりじゃ、俺だってちゃんとした記者になれませんから。安心してください、定期的に連絡入れます」

男たちの目を盗んで小さく手を振ると、佐治は大仰に手のひらを額に当てた。

『……あー、もー……言い出したら聞かねえもんなあ、おまえ！』

本当に腹を立てているような声に、悪いことしたかな、という思いが頭をよぎる。

けれど柴田だって、少しでも佐治の相棒らしい働きをしてスクープを取りたかったし、なによりも佐治に、撮らせたかった。もう一度、現場への情熱を思い出してほしい。

ぶすくれた様子の佐治を残し、柴田は男たちが進むほうへとついていく。

店の奥にある中二階へ上がっていくと、シャンデリアがきらめき、やわらかな大型ソファーが置かれたＶＩＰルームへの扉が開かれた。

「……うっわ、まじかよ……」

小声でそうこぼしたのは、部屋の豪華さのためではない。

その場にいたメンバーは、錚々《そうそう》たるものだった。

男性陣は、藤城イツキをはじめ、噂どおり、アイドルにイケメン弁護士、若手議員、それから柴田をここへ連れてきた男二人を合わせた八人だ。

女の子は、柴田を含めて十人ほど。その顔ぶれには、素人だけでなく、人気のテレビドラマに出ている女優や、スチールでよく見るファッションモデルまで含まれていた。

予想以上の大きな釣果《ちょうか》に、気分が上ずってしまう。

柴田はその輪の中に紹介され、「トモです」と名乗ったきり、なるべく発言しないように、近くに来た者と身体が接触しないように、細心の注意を払いながらグラスに口をつけるふりをしていた。

「トモちゃんって、もしかしてモデルさん？」

しばらくののち声をかけてきたのは、バーカウンターの前で柴田を誘った男だった。

「え……？」

「背、高いし、可愛いからさぁ。肌もすごく綺麗だし」

触れようとする手を遮るように、柴田は「すみません。私、お手洗いに」と席を立つ。

ＶＩＰルームのドアを閉めると同時に、ほっと胸を撫で下ろした。

ばれていないのは助かるが、佐治に連絡を入れる必要がある。

同席している誰かに鉢合わせたときのアリバイを作るため、トイレの方向に進んでいった。ひと気のない場所を探しながら、ＶＩＰルームで言われた言葉を思い返す。

——可愛い、か。

女装を褒められてもうれしくないが、なぜか佐治に言われれば、悪い気はしなかった。

自分を褒めてくれる言葉だから、誰に言われても同じかと思っていた。その認識は、間違っていたらしい。佐治の言葉だけがうれしいのはどうしてか、考えたくなくてため息をついた。

いけない、と気持ちを切り替える。今は潜入取材の真っ最中だ。

ひとまず佐治に連絡を入れなければと、周囲を見回した——そのとき。

「イツキちゃんさあ、最近ペース早くない？」

「大丈夫だって」

トイレの手前、廊下の突き当たりから、ぼそぼそとささやき交わす声が聞こえてくる。呼ばれた名前、聞き覚えのある声に反応して、柴田はとっさに身を隠した。

壁の陰からうかがうと、廊下の端に立っている男の片方は、やはり眼鏡で変装した藤城イツキだ。

そしてもう一方は、小柄で痩《や》せた、アロハシャツの男だった。十メートルほど距離があり、アロハはこちらに背を向けているので顔は見えない。

「じゃあ……俺が言うのもなんだけど、ほどほどにしときなさいよ」

「わかってるよ。……また、頼む」

藤城イツキが手にしているのは、束にした万札だ。それと引き換えにアロハの男から受け取ったのは、小さなビニール袋だった。中身は白い粉末だ。

——嘘だろ……！

まさに今、薬物の売買が行われているらしい。

柴田は、ポケットからデジカメを探り出した。

フラッシュを焚《た》くわけにはいかないので、この距離からではうまく映らないかもしれない。佐治がいてくれれば、と思いながらも、夢中でシャッターを押した。

同時に、耳元のイヤリングに向かって小声で叫ぶ。

「佐治さん！」

『——どうした!?』

「今どこにいます!?　カメラ持ってきて……ああ、でもバレるかな、佐治さんなら大丈夫か？　とにかく、フロアの奥、トイレの手前です。今すぐ……」

「今すぐ……どうしろって？」

「…………!!」

ぞっと怖気《おぞけ》立ち、柴田は背後を振り返った。

そこに立っていたのは、スキンヘッドにキャップをかぶった中川だ。にいっ、といやらしく口の端を吊り上げた中川は、ゆっくりとこちらに近づいてくる。

「今すぐ、誰が、どうするんだって？　え？　言ってみろよ」

「え……、あ、あの……」

イヤリングからは、佐治の声が、『どうした、柴田！』とがなり立てている。だが、どちらかに返事をしようにも、喉が貼りついたようにからからになって声が出ない。

「なにかあったか、中川」

藤城たちも、すぐ近くで起きていることに気づいたようだ。ばたばたと駆けつけ、柴田に怪訝な視線を向ける。すでにその手の中に、白い粉の入った袋はなかった。

「なにやってんだよ。イツキ、おまえ撮られてたぞ」

「えっ」

中川が柴田に向かって顎をしゃくると、藤城はぎゅっと眉間《みけん》を狭《せば》めた。

「……きみ、どこかの記者？」

「い……いえ、その」

「カメラ、貸してもらっていいかな？」

「えっ……と、これはちょっと」

「まだるっこしいことしてんじゃねえよ。こいつ、応援呼んでたんだからな」

吐き捨てるように言い、中川はつかつかと歩いてきた。防御の体勢も取れないうちに、手からデジカメを弾き飛ばされ、イヤリングを毟《むし》り取られる。

「痛った……」

中川は、耳元を押さえる柴田に見せつけるように、イヤリングを床に落とした。その上に、思い切り靴の踵を踏み下ろす。

「これで邪魔は入らねえだろ？」

「……っの……！」

「俺、男女は平等だと思ってるから、女でも手加減しねえことにしてるんだよね」

中川が躍《おど》りかかってきたかと思うと、目の前に拳が見えた。

思い切り殴り飛ばされた先には壁があり、柴田の意識はそこで途切れた。


どん、と背中を押されると、脛《すね》がやわらかいものに当たる。

柴田は目隠しをされたまま、つんのめるようにして前に倒れた。腰の後ろで縛られた手首が痛い。ぎしっとスプリングらしきものが軋む音に、たぶんベッドだ、と思う。

「大人しくしてろよ」

ドアが閉まる音がすると、部屋の中はしんと静かになった。あたりには、どうやら誰もいないようだ。表情筋をフルに使って、タオルでされた目隠しをずらす。

「……っ、痛ってー……」

口の中に、ほんのりと血の味がした。

気を失っているあいだに後ろ手に縛られ、車に乗せられたようだ。意識が回復したのは、この建物の駐車場らしきところに降ろされたときだった。殴られた頬は痛むが、ほかに目立った外傷はない。

壁にしたたかぶつけた頭も、奇跡的にずれずに保ったウィッグがクッションになってくれたのだろう、脳震盪《のうしんとう》を起こしただけらしかった。

「……あの野郎、思いっ切り殴りやがって……」

柴田は、あらためて部屋の中を見回した。

十畳ほどの、マンションの一室であるようだ。

柴田がひとりで転がされているのは、大きなキングサイズのベッドだった。奇妙なのは、ベッド以外に家具らしい家具がほとんどないことで、窓際にはカーテンもかかっていない。しかし、高層階なのだろう、視界はずいぶん開けていて、誰かに覗かれる心配はなさそうだった。

そして窓の外には――東京タワーが、大きく見える。

「ここ……」

――赤羽橋って言ってた気がします。東京タワーが、窓からすごく大きく見えるって。

由枝子が言っていたとおりの景色だ。隣室からは、複数の若い男と女のふざけ合うような声が聞こえてくる。

間違いない。藤城イツキの、乱交パーティーの会場だ。

荒々しくドアが開き、そちらを見ると、中川が二十歳そこそこの男をひとり連れて現れた。クラブで柴田をナンパしてきたのとは、また別の男だ。

「あれ、目隠し、外れちゃったか？」

軽薄な調子で言う中川を、柴田は芋虫のようにベッドの上に転がったまま、せめてもの抵抗として睨みつける。

「そんな怖い顔すんなよ。いいもん持ってきてやったから」

「……？」

中川の手が、ポケットからなにかを取り出した。

なんだろう、と思って見れば、手のひらに収まるほどの小さなボトルだ。

「おまえにシャブ使ってやるのももったいないしな。これ、最近仕入れたんだよ。俺も、これ使うとどうなんのか興味あるし」

正体不明のボトルを持った中川が、じりじりと近寄ってくる。

柴田は息を呑み、なんとか逃れられないかと身を起こした。

ヘッドボードのほうへとずり寄るが、ベッドの上ではそうそう逃げ場があるわけでもない。あっというまに追い詰められて、中川の取り巻きらしい男に肩を押さえつけられた。

「大人しくしてろよ」

中川がボトルのキャップを外し、ノズルを柴田の口にねじ込んでくる。唇を閉じ合わせて抵抗するも、口の中にぬるい液体が流れ込んできた。

「……う、……」

液体に味はなかった。

吐き出そうとすると、中川はちっと舌打ちをした。が、次の瞬間にはまた品のない笑みを浮かべ、自分がボトルに口をつける。

なにを、と思っていると、鼻をつままれ、無理やり唇を奪われた。

「……っく……、……ん……っ……！」

液体を、口移しで飲み込まされる。

全量を飲み切ったところで解放されて、咳《せ》き込むように息をすると、中川の連れの男がせせら笑った。ここから先の柴田の運命を知っているかのような、憐《あわ》れみと、下世話な興味とが入り混じった表情だ。

苦しさに涙の滲む目で睨《ね》めつけていると、中川が取り巻きの男に指示を与える。

「隣のやつら呼んでこいよ。たまには雰囲気違うのもいいだろ」

はい、と従順に答え、男は部屋を出ていった。

「ったくよー……せっかくの楽しい金曜に、おまえもつまんねえことしてくれるよな」

ため息混じりに言いながら、中川はポケットからスマートフォンを取り出した。それを操作しながら、ベッドのほうへ近づいてくる。

「まあ、あんたも楽しんでってよ。お客様に出してやるシャブほどじゃないけど、それもなかなかおもしろいと思うから」

不快感をあらわにする柴田に、中川はにたりと笑った。スマートフォンをこちらに向けると、小さな電子音を響かせる。

「欲しくて欲しくて、しょーがなくなるクスリだよ。今、隣の部屋の男ら呼んでくるからさ。気持ちよく喘いで、ド淫乱なとこ、しっかり撮られろよ」

「……！」

強姦しているところをムービーで撮り、あとから騒げなくしようというのだろう。

あまりに卑劣なやりくちに、総毛《そうけ》立つ思いがした。

なにか言ってやりたいが、うかつに声を出してしまえば男だとわかってしまう。これだけひどいことができるのだ、この上男だとばれたら――しかも、潜入取材をしている記者だと知れたら、なにをされるかわからない。

腕だけでも自由にならないかと身をよじるが、背後で手首を縛る紐状のものの結び目は固く、都合よくゆるんではくれなかった。

そうこうしているうちに、どくん、と身体の芯が熱っぽく疼いた気がして、動きを止める。

――なんだ、今の……？

「ああ、効いてきた？　早えなあ、敏感なんだ」

くっ、と顎をつかまれて持ち上げられる。と、触れられたところから下腹まで、電流のような刺激が走った。

「……っ、……！」

「これだけでいい顔しちゃって。すっかり効いたらどうなるんだろうな」

下卑た笑みを浮かべながら、中川はこちらの顔にスマートフォンのレンズを向ける。

――嫌だ……撮るな……！

こんな男に、カメラを向けられたくはない――撮られたくない、佐治以外には。

いつしか朦朧《もうろう》としはじめていた意識の中で、それだけははっきりと感じる。

力の入らなくなった身体に鞭《むち》打ち、中川の手から逃れるように顔を背《そむ》けると、彼は「強情だなー、いじめ甲斐あるわ」と失笑した。

「じゃあまず、人が来たら脱がせてもらおうな」

レンズ越しに、中川の目が肌を舐《な》める。視線に質感があるように、皮膚《ひふ》の下でなにかがぞろりと蠢《うごめ》いているような気がする。

錯覚だ、と柴田は固く目を閉じた。薬のせいで、そんなふうに感じるだけだ。

そのとき、ふたたびドアの開く音がして、数人の男が部屋の中に入ってきた。

「中川さん、この子ですか？　『J』に潜《もぐ》り込んでたのって」

部屋に入ってきたのは、これもあまり柄のよくない連中だった。

VIPルームで見た著名人たちは、中川の言う〝お客様〟――つまりは、中川が主催する乱交パーティーの顧客なのかもしれない。それよりもぐっと若いこの連中からは、どちらかというと、中川の手足といった印象を受ける。

「そう。俺たちの仲間に入りたそうだったからさ、遊んでやるのもいいかなと思って」

中川が言うと、男たちの視線がこちらに向けられる。各々の口元に薄く張りついた笑みに吐き気がした。女であれば、このあと確実に強姦《まわ》されるだろうというシーンだ。

――くそっ……なにか打つ手は……？

この場から逃れるチャンスを探して、柴田は目だけで周囲をうかがった。

薬のせいか、身体がなんとなく重怠《おもだる》い。手足の先が、痺れたようにぴりぴりする。視線を巡らせているうちに、大きな窓が目に入った。――東京タワーが、すごく大きく見える窓。

これだ、と思いついたときには、無意識のうちに身体が動いていた。

「あっ……おい！」

男たちの声を背中に聞いて、柴田は窓際に駆け寄った。

肘を使って、窓のロックを押し開ける。足先をサッシの縁に引っ掛け、掃き出し窓を開けてベランダに出ると、遮るもののない東京の夜景が広がった。

目の前に堂々とそびえているのは、橙色《だいだいいろ》にライトアップされた東京タワーだ。

「よし……！」

ライトアップのおかげか、思ったよりも周囲は明るい。

胸を張り、ネックレスに景色を見せるようにぐるりと周囲を見渡すと、柴田は裸足のままベランダの端に寄った。

思い切り身を乗り出して、マンションの下を覗き込む。

かなりの高層階だ。見ているとパースが狂うほどの高さに、不覚にもくらりと目眩がした。それを振り切り、少しでもまわりがよく見えるようにと前傾すると、胸元にかかるネックレスが音を立てて宙に垂れ下がる。

決して高所が得意なわけではなかったが、怯《ひる》んでいては命取りだ。

もう一度目を上げ、前を見る。

左手に見えるのは東京タワー、右手に見える広い暗がりは、おそらく芝公園だろう。元麻布にある藤城イツキのマンションからも、さほど離れてはいないはずだ。

下を見れば、マンションの前の通りがエントランスの照明に浮かび上がっている。

煉瓦《れんが》を模《も》した色調のブロック、マンションを囲む植え込み、通りを挟んで向かいの建物、その下に停まっている赤い車。

これだけ、このマンションを特定する情報があれば――あるいは。

「飛び降りる気？」

嘲るような声が聞こえて、柴田はゆっくりと振り向いた。

退路を塞ごうとするように、中川がサッシに寄りかかっている。

「そこまで悲観することないんじゃないの？　ちょっと変わったクスリ飲んでるってだけじゃん、効き目だって数時間かそこらだって。そのあいだ、俺たちと楽しもうよ」

「…………」

まだ声は出せない。ここからどれだけ時間がかかるかわからない。

耐えろ、と震えはじめた膝に活を入れる。

中川の後ろを固めるように、柄の悪い連中が立ち並ぶ。そうだ、それでいい。全員、顔がよく見えるように俺を見ろ。そのままできるだけ長く、こっちに気を向けて――。

どのくらいの時間、そうして睨み合っていただろう。

膠着《こうちゃく》状態を破ったのは、うわあっ、という男の叫び声だった。

「……なんだ？」

一同が、怪訝な顔で部屋の奥を振り返った。

叫び声は、玄関のほうから聞こえてきたようだ。

――来た！

期待は確信に変わり、柴田は男たちの中に突っ込んだ。

「うわ……！　おい、待て……っ！」

男たちの手をかい潜《くぐ》り、玄関のほうへと向かう。

誰かの手が、ロングヘアの毛先をつかんだ。構わず走り続けると、今度こそずるりとウィッグが外れ、本来の髪の長さが露呈する。

「なっ……こいつ、男……!?」

間抜けな声を背中に受け、部屋を走り出てリビングへと抜けた。

そこに、扉を開けて入ってきたのは、

「……佐治さん……！」

矢も盾もたまらず、逞しい胸板に飛び込む。

あたたかな体温に触れ、奥行きのあるコロンが香ると、ほっと身体が弛緩《しかん》した。

「――無事か」

柴田の手の縛めを解いた佐治の腕が、ワンピースの腰に回る。言葉もなく抱きしめられると、腕の圧と、身体じゅうに広がる安堵《あんど》で胸が詰まった。

「怪我《けが》はない？」

言われてはっとすると、オールブラックの遊び着に身を包んだ佐治の後ろには、妖《あや》しいほどうつくしい阿見谷が立っていた。

そういえば人前だ、と急いで佐治から離れると、阿見谷のさらに後方に、知らない顔ぶれが控《ひか》えている。筋骨隆々とした大柄な男、ノートパソコンを抱えた細身の男。中川とその一味のことを言えないくらい、じゅうぶんに怪しい連中だ。

「悪いことするやつってさ、いまいち詰めが甘いんだよな」

佐治に言われて、中川は怒りにさっと顔を紅潮させた。

そんな中川には一瞥《いちべつ》もくれず、佐治は柴田の肩から首にかけてをいたわるように撫で上げて、ネックレスを手のひらに載せる。

こうしているあいだも、佐治のポケットの中のスマートフォンには、ネックレスから転送される映像がずっと録画されているはずだ。

佐治の言うとおり、悪党は詰めが甘い。揃いのイヤリングに通信機がついているのに、ネックレスのほうに細工がしてあるとは考えなかったのだろうか。

阿見谷が小声で柴田の耳を打つ。

「中川がね、『J』の従業員と通じてたらしいんだよ。きみを連れて裏口から出てったってわかったときはどうなることかと思ったけど……きみの機転のおかげだね、送ってくれた映像を見てここまで来られたよ。佐治が、このあたりの建物の特徴をよく知ってたのも助かった」

「スクープカメラマンなら当然。だいたいの住所が割れたところで、芸能人が借りそうなとこの目星くらいはつけてるよ。それより、すげーのはこいつだろ」

柴田と佐治は、パソコンを叩いている細身の青年に目をやった。

通信機器の細工は、彼が担当したらしい。パソコンを持っているところを見ると、オートロックや部屋の鍵も彼が解除したのだろう。

「……てめえら、なにをこそこそと……！」

中川の顔色は、赤を通り越しどす黒くなっている。

その怒号《どごう》を合図にしたように、中川の手下のひとりが、こちらに猛然と襲いかかってきた。

びくりと身構えると、柴田と佐治の前に、すっと大きな人影が割り込む。阿見谷の後ろに控えていた、屈強《くっきょう》そうな男だ。彼は大きく動いたわけでもないのに、次の瞬間、手下はダンと派手な音を立て、床に叩きつけられていた。

「ってえっ……」

「おまえら、なにすんだ！　人の商売の邪魔してんじゃねえぞ、それ以上やるなら、俺のバックには大庭会が――」

中川の激昂《げっこう》に、阿見谷がぴたりと動きを止める。

「大庭会が、どうしたって？」

おもむろに中川を振り返った阿見谷の表情は、こちらからは見えなかった。

だが、中川の様子を見れば、どんな顔をしているのかは明らかだ。さっきまでどす黒かった中川の顔色は、今度は紙のように蒼白になっている。

「……ひっ……」

「それはこっちの台詞だよね？　困るんだよ、人のシマで商売されると。うち、クスリは御法度《ごはっと》だし」

やわらかなのに鋭いその声に、阿見谷の一味以外の全員が凍りついて動けなくなる。

「な、なに言って……」

「知らないかもしれないから、教えてあげる。あの『J』ってクラブ、僕の〝友達〟がやってる店なんだよね。こんな虫が湧いてるなんて、佐治が教えてくれなかったら気がつかないところだった」

「は……？」

そこに、今ごろになって、別室からパーティーを中断したらしい一団がどやどやと顔を見せた。全員、裸の状態からなんらかを纏うのに、時間が必要だったのだろうと思わせる格好だ。

集団の中には、藤城イツキの顔もあった。

佐治は抜かりなく、柴田ごとネックレスをそちらに向ける。

「さっきさぁ、玄関とかリビングで、すごい音しなかっ……げっ」

先頭でドアに手をかけていた男が、阿見谷の顔を見て妙な声を上げる。

「大庭会の阿見谷が、なんでこんなとこにいるんだよ……！」

「は――……？」

これには柴田も、あんぐりと口を開けるしかなかった。

当の阿見谷は、「あれ、知ってた？」などとにこにこしている。

柴田の耳元に、佐治がこっそりと唇を寄せた。

「あいつ、界隈では有名なんだよ。あの年で、大庭会の幹部になったばっかりだ」

「佐治さん、そんな人と友達だったんですか……？」

「まあな。大庭会を騙《かた》るチンピラが六本木あたりで悪さしてるって、あいつの話聞いててさ」

それで、今回の大捕り物となったわけか——なんとなく柴田は、自分の腰を抱いている人物の底知れなさを見た気がして、ひくりと喉を引きつらせた。

「やっべ、逃げろ……！」

事態の危険さに気づいたのだろう、誰かの号令につられた一団が、わっと玄関のほうに向かう。そこに、パトカーのサイレンが遠く聞こえてきた。

「おっ……動くぞ！」

「うわっ……！」

叫ぶやいなや、佐治は柴田の肘をつかんでリビングを飛び出た。

「ちょっと……佐治さん、どこへ……！」

「黙ってろ！」

佐治が追っているのは、藤城イツキの背中だった。

藤城は、ほうほうのていで寝室らしい隣室に駆け込んでいく。柴田と佐治が彼を追って部屋に入ったときには、ベッドの上に散らばっていたビニールの小袋やガラスパイプ、注射器をかき集めていた。

「……っ、わ……」

そこはまさに、乱交パーティーと薬物使用の現場だった。

あたりには、薬物の吸引器具や注射器のほかにも、ビールの空き缶、脱ぎ捨てられた衣服や女性用の下着、避妊具のパッケージなども散らばっていて、じゅうぶんにインパクトのある光景だ。

「っしゃ、いただき！」

佐治は素早くポケットから取り出したコンデジを構え、シャッターを続けて押した。

藤城イツキは、呆然とした顔をこちらに向けている。動く気力も失くしてしまっているらしい。

あの王子様みたいな実力派俳優、藤城イツキが——。

藤城の虚《うつ》ろな目は、迷子の子供のようだった。

同じく愕然《がくぜん》としていた柴田は、「来い！」と佐治に強く腕を引かれて我に返る。

非常階段を駆け下りると、一階で待機していた阿見谷が柴田たちを逃がしてくれた。

「ご協力ありがとう。このお礼はまた」

「こ、こちらこそ……」

腰を折ると、阿見谷は綺麗にくすりと笑った。

佐治のSUVは、マンションのすぐ裏手の駐車場に停められていた。ろくに動かない膝を叱咤《しった》しながら、なんとか助手席に乗り込むと、どっと身体の力が抜ける。

「や——やりましたね、佐治さん……」

肺から空気がすべて漏れ出てしまうようなため息をつく。

安全なところに身を置くと、現実感が戻ってきた。

明日は土曜、校了日だ。まだ、やろうと思えば記事の差し替えも間に合うかもしれない。今すぐデスクの熊谷に連絡して、指示を仰いで——と考えていたところ、運転席と助手席のあいだのアームレストを越えてきた腕に、ぐいと強く抱き寄せられた。

「……佐治さん」

「無茶しやがって……」

ぎゅうっ、と力をこめて抱きしめられると、胸が苦しくなるほどだった。佐治がどれだけ心配してくれたのかを、自分の身体で思い知る。

「……ありがとうございます、助けにきてくれて」

柴田もそっと、佐治の身体に腕を回した。


パーティーが行われていたマンションからは、編集部よりも佐治のスタジオのほうが近かった。

火急《かきゅう》の対応が必要だろうと、写真の処理ができるスタジオに向かい、電話でデスクの指示を仰ぐ。

ひととおりの作業を終えると、柴田はモニターの前に座っていた佐治に言った。

「写真、ありがとうございました。差し替えはぎりぎりまで待ってもらえるそうです。素材は手配したので、あとは明日の午後イチまでに原稿を書けば……、っ……」

平静を装おうとしていたのに、限界だった。言葉がうまく続かない。

「おい、大丈夫か？」

佐治が、こちらに歩み寄りながら顔をしかめる。

「やっぱりおかしいぞ、おまえ。病院行ったほうがいいんじゃないか」

「だ……いじょうぶです……家に、戻ります……」

触れられないうちに席を立とうとしたが、うまく力が入らなかった。

がくん、と膝から崩れ落ち、床に手を突いてしまう。

「おい……！」

「大丈夫です……っ、触らないで……」

言っているあいだにも、身体の中で、なにかが這うような感覚に耐える。

身体が熱い。剝き出しになった神経を、ざらりと撫でられているような心地がする。

「おまえ……なんかされたのか、中川に」

さすがに様子が変だと思ったのだろう、佐治は声に怒りを滲ませた。

「なんでも、な……」

「病院行くぞ」

腕を取られ、その感触にさえ官能をかき鳴らされて、柴田はひゅっと息を呑んだ。

「……、っ……！　平気、です……これ、薬、だから……」

「薬……？　シャブか!?」

椅子に身体を乗せられて、力なく首を振る。

「……ッ、いえ……催淫剤、みたいなやつじゃないかと……」

幸い、飲まされたのは覚醒剤ではないとわかっている。中川が、効き目が保つのは数時間だとも言っていた。数時間経てば、この飢《う》えたような焦燥感もおさまるはずだ。薬効が消えるまで、ひとりでいられればなんとかなる。

「……帰ります……」

ふらりと立ち上がろうとすると、佐治が手首をつかんで止めた。

「待てよ」

「……、っ……！」

有無を言わさず担ぎ上げられ、声にならない悲鳴を上げた。

佐治はそのまま、柴田を二階へと運んでいった。怒りを抑えているような、荒々しい足取りだ。危なげなくドアを開けた佐治は、柴田の身体をベッドの上に放り上げた。

「……う、ぁっ……」

「病院行く気がねえなら、ここでちょっと休んでいけ」

耳元の髪をやさしく梳かれると、ぞっとするほどの餓《かっ》えが湧き起こる。

これだから駄目だと思ったのに——早く、この人の手が届かないところに、行ってしまわなくてはいけないと思っていたのに。

こんな状態で触れられてしまえば、今度こそ、自分はどうなってしまうかわからない。身も世もなく、触れてほしいと彼にすがってしまいそうだった。

「……う、っく……」

できるだけ触れられたくない、と柴田は身体を小さく丸めた。

思考はぼんやりと霞んでいくくせに、感覚だけは鋭敏になっている。肌に触れるシーツの感触ですら生々《なまなま》しく増幅されて、身体の芯がざわついた。

「おまえな……こんな身体で外に出るつもりだったのか？　意地張ってる場合じゃねえだろ」

「意地なんて、張って、な、っ……ひとりに、してください……」

「いいから。こんな状態で、放っとけるわけねえだろうが」

せめて佐治の手から逃げようと、シーツを手繰《たぐ》り、すっぽりとかぶる。すると、布越しにまたゆるゆると身体をさすられ、たまらなくなって涙が滲んだ。

「ど……どういう、つもりなんですか……」

「は？　なにが——」

「こうやって……やさしく、してくれたり、触ったり……っ」

「すまん。今、キツいか?」

「ちが……っ、今だけじゃ、ないっ……」

佐治の手を振り払うと、身体にかけられていたシーツがめくれた。

勢い起こした半身を、佐治に抱きとめられて身をよじる。剝《は》がれたシーツに、心まで暴かれてしまったような心地がする。

「怖かったよな。ひとりにして、悪かったよ」

「違……、俺は……っ」

薬のせいか、判断力が鈍くなっている。

とん、とんとなだめるように背中を叩く腕の中で、柴田はむずかるようにかぶりを振った。

「今日だけじゃ、ない……いつも、こうじゃないですか……っ、どうして俺に、こんなふうに触るんですか。そのせいで、俺がどんなに振り回されてるか……」

まくし立てると、吐く息が熱く、湿り気を帯びた。胸が痛い。

「そんなこと考えてるほど……暇じゃないんです。忙しいんです。なのに……こんな、佐治さんのことで、頭、いっぱいで……」

うつむくと、額が佐治の胸に触れる。

こちらから触れたのは、考えてみればはじめてかもしれなかった。めずらしく、躊躇うように強張る相手の身体に、強く額を押しつける。

「……俺のこと、こんなにして……どうしてくれるんですか！」

こんなときに限って動かない体温に焦《じ》れ、目の前のシャツをくしゃりと握った。

つむじのあたりに、呻《うめ》くような吐息が落ちる。

「――おまえってやつは……」

佐治の声は、思い惑うように揺れていた。

喋りすぎた、と身を退こうとすると、そうさせまいとするように、腕を引かれて抱きしめられる。

心臓が止まりそうな抱擁《ほうよう》だった。あまりに近づきすぎたがために、佐治がどんな顔をしてそうしているのか、たしかめることはできなかった。

抱きすくめられると、支えてくれる腕があることに、身体は勝手に安心する。

目の前の胸に、くったりともたれかかる。後頭部を支えていた手がうなじへ下りると、全身の肌が期待にさざめく。その期待を受け取るように、佐治が唇を合わせてくる。

「ん……、っ、ぅ……」

これまでの、どのキスよりも深いキスだった。

透明に甘い唾液《だえき》を啜られ、舌をさすられ、唇で食むようについばまれる。

「……っ、……」

かすかな疼痛《とうつう》を感じたのは、佐治が胸に手を這わせたからだった。女物のワンピースの上から、くるくると捏ねるように胸のあたりをさすられると、物欲しげに腰が揺れる。

「馬鹿野郎、人の気も知らねえで……」

「え……？」

「あんまり可愛いことすると、歯止め利かなくなるだろうが」

「……、ん……ぅ！」

佐治の手がふたたび柴田の後頭部に回ったかと思うと、噛みつくようなキスが降ってきた。吐く息までも奪われるような、激しく熱いくちづけだった。

押し倒され、シーツに押しつけられるようにしてキスを受け、夢中で応える。

そのうちに、太腿のあたりに硬いものが当たった。熱く、はち切れそうに漲《みなぎ》っているのは、佐治の興奮の証《あかし》だ。

唇が解けると、交わしたキスの名残《なごり》のように、とろりと光る唾液がたわむ。それを小さなキスで舐め取って、佐治は低めた声で言った。

「こんなになってるとこ見せられて、抑えてられると思ってんのか」

「……佐治、さん……」

すがるように腕を伸ばすと、もう一度、しっかりと抱きしめられた。

「柴田……」

深いキスを与えられながら、下着を下ろされ、握られる。そこはすでに、佐治を求めて泣いていた。

ゆっくりと扱かれると、とろけた水音が鼓膜を犯す。その音にさえ快感を煽られ、柴田は佐治に、はしたなく腰を擦りつけた。

――欲しい。

それしか考えられなくなって、目の前の首筋にかきつく。

「くそっ……」

なにかに耐えるように眉を寄せた佐治は、蜜の絡んだ指先を、柴田の後孔に這わせてきた。

ひくん、と歓ぶすぼまりに、ぬくりと指先が入り込む。引きつるように背がしなり、揺れる幹を蜜が伝った。節の立った指先は、その蜜を塗り込めるように出入りする。

「や、あ……あっ……」

浅いところを突かれるたびに、視界に小さく火花が散る。

だが、その悦に酔っていることができたのは、わずかな時間でしかなかった。

こんなのでは足りない。楽になれない。

もっと深く――欲しい、彼が。

「佐治、さん……っ……」

助けを求めるように呼ぶと、佐治は苦しげな息を吐いた。

貪るように唇を食まれながら、佐治がベルトを外す音を聞く。

焦燥感に、胸がぎゅっと痛くなる。

これ以上は無理だ、待てない、と絶望的な気分になりかけたところで、とろけた場所に望んだ熱があてがわれた。

「あ——あっ……」

押し入ってきたのは、柴田を求める欲だった。

これだけ大きなものが入ってくれば、痛みを感じそうなものだ。けれど、薬の作用だろうか、それさえもが強烈な快感に変換される。

ずっしりと重量のあるものが、臓腑《ぞうふ》の底を押し上げる。

声も上げられずにはくはくと喘ぐと、額にキスを落とされた。少しずつ、抉《こ》じ開けるように進んでくる熱塊《ねっかい》に、まなうらを赤く灼かれる。

「つらいか？」

耳元で問われ、朦朧としながら首を振る。

つらくない、と言いたかったはずなのに、まなじりからは雫が散った。それをキスで吸い取って、佐治は柴田の脚を抱え直す。

「——悪いな。でも……やめてやれねえ」

ぐっ、と腰を押しつけられると、行き当たりよりもさらに深くに、佐治の欲がたどり着いた。

大きく揺すり上げるように、愉悦の在《あ》り処《か》を暴かれる。

「あ……ぅ、あぁっ……！」

突かれると、性器から白いものが噴《ふ》き上がった。早すぎる逐情《ちくじょう》だ。続けて腰を使われて、すすり泣きながらかぶりを振る。

「ひ……あぁ、っ……や、さじ……さ、……っ、あ、ああっ……！」

大波のような快感に翻弄されて、なにがなんだかわからなくなってしまいそうだった。

この愉悦は、本当に薬のせいなのだろうか。

なりふり構わず目の前の首筋にしがみつくと、抱き潰されそうに抱き返される。

佐治の昂《たかぶ》りが、ひときわ奥を強く穿《うが》つ。内側をいっぱいに満たされ、口腔《こうこう》を深く犯され、力強い律動に、知らなかった快感を焼きつけられる。

「あ――あぁっ――……！」

最奥に熱いものを叩きつけられ、何度目かの絶頂を迎えた。

佐治が爆《は》ぜる拍動を、内側で感じ取る。

「……大丈夫か」

ぐったりと力を失った身体を、不安げな目が覗き込んでくる。かすかに顎を引いて答えると、佐治の大きな手のひらが、愛おしむように頬に触れた。

ぼんやりと翳《かす》む意識の端に、小さな声が入り込む。

「――柴田」

「ん……」

「柴田――……きだ」

頭の中にぬるま湯を詰められたみたいにぼうっとして、佐治がなんと言ったのかは聞き取れなかった。それでも、与えられるくちづけは甘く、それを受け取っているうちに、どうでもよくなってくる。

まだ柴田の中にいる佐治は、力を失っていなかった。自分から舌を差し出し、佐治の腰に脚を絡める。すると佐治は、またゆっくりと腰を揺らしてきた。熱い想いを、内側で感じる。

快感でふやけた頭に、まともな判断はできそうになかった。

ひとまず今は、佐治が自分に与えるものを、すべて知りたい。

柴田は佐治の首筋に抱きすがり、彼の与える快楽に溺れた。

7

〈王子系俳優たちの爛《ただ》れた夜――藤城イッキ（28）　乱交シャブパーティー激写〉

柴田の報告は、中吊《なかづ》り広告の印刷にもぎりぎりで間に合ったらしい。

差し替えられた特集のおかげか、その週の『週刊ズーム』は完売となった。以前は同じ部署で働いていた営業部員が、「完売御礼」と朱墨《しゅぼく》で書いたものを掲げ持ってきたときの感動は、記者のくせに筆舌《ひつぜつ》に尽くし難《がた》かった。

「いやあ、大手柄だったよね、柴田ちゃん」

月曜の午前、プラン会議に向かう途中で、宇野がにこにこと声をかけてくる。

「そうだなあ」

相槌を打ったのは、連れ立って歩く熊谷だ。

「二週連続完売御礼、中吊りトップも三週連続おまえのネタ。なかなかあることじゃないぞ」

会議室に向かうほかの編集部員も、うんうんとうれしげにうなずいている。

編集部でよく言われることではあるが、スクープは取るまでも大変、取ったあとも大変だ。

潜入取材の三日後、藤城イツキのスクープの載る『週刊ズーム』が発売されたのち、柴田は第二弾、第三弾の記事を出すために奔走《ほんそう》した。しかしいくら疲れていても、ワイドショーやスポーツ紙、ほかの週刊誌が続々と後追い取材をしているのを見ると、先駆けとなったのは自分たちの記事なのだと、心地よい達成感を味わえた。

話題の人、藤城イツキ当人は、現在留置場で勾留《こうりゅう》生活を送っている。

柴田自身、あの藤城イツキがなぜ乱交や薬物使用に至ったのか、知りたいという気持ちがあった。だから、乱交スクープの第二弾は、藤城イツキのそれまでの芸能人生を振り返る特集を組んだ。そして、今日発売の第三弾では、留置場の藤城本人と柴田が手紙でやりとりした結果の独占手記を掲載している。

「ありがとうございます」

柴田は、熊谷たちに軽く頭を下げた。

「でもけっきょくは、引き継がせてもらったネタでしたし……取材も、佐治さんに助けてもらいっぱなしでしたし」

口にすると、どれくらい彼の名を呼んでいないのだろう、と思い及んで、ほんの少し気が滅入《めい》る。

クラブに潜入取材をした日に佐治と抱き合ってから、半月以上が経っている。あの翌朝、自宅に送ってもらってからというもの、佐治とは一度も連絡を取り合っていなかった。

——まあ、自分から連絡すればいいんだけど。

そうできずにいるのは、もちろん先の週末までは、藤城イツキのスクープ続報記事に忙しく駆け回っていたからだ。けれどそれにしたって、一昨日の土曜には校了したのだから、日曜には連絡する時間くらいは作れたはずだった。

だが佐治だって、丸々二週間以上、連絡ひとつよこさないのだ。

このあいだまで、可愛いとかなんだとか、あれだけほいほい言っていたくせに。

よくよく思い返してみれば、最初からナンパな女好きだということはわかっていた。男の自分なんか、一度抱けば飽《あ》きてしまったのかもしれない。それならそれで、早く手が切れてこっちだって好都合だ。そんな男は、こちらから願い下げだ。

と、そんなふうに、怒ったていで過ごしてはいたものの。

佐治がそんな男ではないということは、残念ながらよく知っていた。

——こっちは気持ちもつながったかと思ったのに、さっぱりしたもんだよな。

それまでの態度を振り返れば、向こうだって柴田のことを憎からず思っているはずだ。恋しく思う相手なら、用がなくても会いたくなるものではないのか。一度寝たからといってこんな気持ちになる自分は、子供っぽいのだろうかとさえ思えてくる。

仕事のほうも立て込んでいたので、いずれにせよ会うことはできなかった。

だが逆に、余裕ができた現在——すなわち、藤城イツキのネタが一段落してしまった今となっては、仕事で連絡を取る機会もない。

佐治はこのまま、自分とは会わないつもりなのだろうか。

自分は、どうしたいのか。

このネタについて、俺にはまだ暴きたい謎《なぞ》が残っている――。

柴田がそう覚悟を決めたところへ、意外な人物からの連絡があった。

那奈について話を聞かせてくれた、由枝子だった。


夏の終わりというよりも、秋に差しかかった土曜日の夕方のことだ。

事件の顚末《てんまつ》について報告があると連絡を入れ、柴田は佐治の事務所を訪れた。暗幕を開けたスタジオの中には、蜂蜜色《はちみついろ》の光が射し込んでいる。

「へえ……藤城イツキの独占手記か。どんなこと書いてあった？」

スタジオの奥、机に腰を預けた佐治に問いかけられて、柴田はうつむきがちに答えた。

「……こちらからの手紙では、読者の感想を伝えたんです。『完璧な王子様だと思っていた藤城イツキも、仕事に悩んだり、プレッシャーに押し潰されそうだったり、自分と同じだと思えた』って言ってる人もいますよって。でも本人は、芸能界を引退するつもりみたいで」

藤城イツキは、そもそも芸能界に強い憧れを持っていた俳優ではない。それでもなお、数多の作品で活躍したのは、家族がよろこんでくれるからという純朴《じゅんぼく》な理由のためらしかった。

「そのストレスを言い訳に、やっちゃいけないことに手を出したって……彼自身も、すごく反省してるみたいでした」

こんなことでは、大切にしている家族の心も離れてしまう。

これからは、自分の希望や適性も考えて、本当にやりたいことを探したいと、藤城は柴田への手紙の中で誠実に語っていた。

「……ふうん、そうか。家族思いの、いいお兄ちゃんだったんだな」

「佐治さん、もしかして気づいてたんですか？　由枝子さんのこと……」

柴田が今日、佐治に会いに来た本題はこれだった。

昨日、柴田は由枝子と会った。由枝子のほうから、柴田に「会って話したいことがある」と連絡をくれたのだ。

喫茶店で会った由枝子は、藤城イツキのスクープが載った『週刊ズーム』を持っていた。彼女は柴田がその場に到着するなり、『ズーム』の記事を示して深々と頭を下げた。

『これ、柴田さんがやってくれたんだなって、うれしかったです。……兄のこと、助けてくれてありがとうございました』

憂いを帯びた彼女の笑顔は、人気俳優・藤城イツキにそっくりだった。

「まあ、確信は持てなかったけどな」

「すごいですよ。俺なんて、欠片も思いつきませんでした」

由枝子は、兄と同じく見目のよさに恵まれた女の子だった。

しかし彼女が目指したのは、芸能界に進んだ兄とは違う、医療の道だった。

看護学校に進学した由枝子は、念願叶って数年前から都内の病院に勤務していたのだが、それを知っていた兄――藤城イツキが、「知人の具合が悪い」と連絡してきたことがあるのだという。

「その知人っていうのが、俺たちが最初に藤城の乱交パーティーの参加者として名前を聞いた、那奈さんだったそうなんです」

「藤城と由枝子ちゃん、仲よかったんだな」

「そうですね。めずらしく『今すぐ来てくれ』って連絡が来たから、なにごとかと思って藤城の自宅マンションに駆けつけると、覚醒剤を打って気分の悪くなった那奈さんがいたそうです」

「自宅……那奈ちゃん、やっぱり藤城の彼女だったのか」

「由枝子さんの話だと、つき合ってたんじゃないかってことでした。その那奈さんが、本当に具合が悪そうだったので、病院に連れていこうとしたら止められて……っていうのが、お兄さんの薬物使用を疑うきっかけになったみたいですね」

由枝子はそれをきっかけに那奈とも親しくなり、ついには那奈から、藤城イツキの乱交パーティーと薬物使用についての話を聞き出した。由枝子は、心身ともに不安定になった那奈に帰郷をすすめ、那奈もそのとおりにしたのだが、その後の懸念《けねん》は兄だった。

「那奈さんから、暴力団がバックにいるかもしれないということは聞いていたようです。なんとか、危ないものとは手を切ってほしいと思ってたそうで」

「なるほどな……それで、誰に相談したらいいんだか、って思ってたところに、友達の実花ちゃんが週刊誌の記者と知り合って、そいつなら記事にしてくれるんじゃねえかって思ったのか」

「そうです。でも、自分から兄を告発するわけにもいかない。だから、俺たちに嘘ついて、事件を追わせようとしたんですね。実の兄が犯罪に手を染めてることを世の中に知られるより、悪いものを断てるほうがずっといいって……由枝子さん、そう言ってました」

「助けたかったのは、那奈ちゃんじゃなくて兄貴だったんだな」

編集部に寄せられる第一報の感想は、藤城イツキ本人に対しての憤りや、人気俳優の罪を暴いた記者に対するファンの抗議など、さまざまなものがあった。

もちろん、署名の入った柴田やカメラマンの佐治、編集部に向けられた攻撃には傷つきもした。

だが、王子様俳優・藤城イツキの、テレビでは見られない人間らしい一面を見せることができたなら、週刊誌として追いかけた意味はあったと思う。なによりも、由枝子の言葉に救われた。

「あのスクープは、佐治さんのおかげで記事にできたんです。あの写真があったおかげで、由枝子さんも、藤城イツキも助けることができた。——ありがとうございました」

頭を下げると、佐治が立ち上がり、手の届く距離まで歩いてくる。

ぽん、と後頭部に載った手のひらは、柴田の髪をくしゃくしゃと撫でた。

顔を起こすと、こちらを見下ろしている佐治は、やさしく目をたわめている。

「自分にとって、本当に大事なことはなんなのか——気づいたのは、藤城イッキ自身だろ。あいつ、偉いよ」

「佐治さん……」

「まあ、記事のおかげもあるだろうけどな。俺はいい記事だと思ったぞ、看板枠座長のプレッシャーとか、切々としておもしろかったじゃねえか。藤城イッキのこと、好きでも嫌いでもなかったけど、ちょっと応援しようかと思ってたのにな」

「そう、ですよね……」

意図せず語尾が力を失って、柴田はすとんと肩を下げた。

「おい、どうした？　ホームラン打ったルーキーが。もっと調子乗っていいぞ？」

「……なんとなく、よろこべなくて。これでよかったんでしょうか」

思い出すのは、取材をはじめる前に見た、たくさんの藤城イッキの出演作だ。

映画でもテレビドラマでも、藤城イッキは輝いていた。現役プロデューサーの真部だって、これからが楽しみな俳優だと言っていた。

そんな逸材《いつざい》が芸能界を去るきっかけを作ったのは、ほかでもない自分の記事だ。

「おいおい……おまえ、またそんなこと気に病《や》んでたのか」

撫でられていた頭をぐりぐりと小突かれ、柴田は「痛いですって」と悲鳴を上げた。

「考えますよ。俺の書いた記事ですし」

「まあな、考えるなってことじゃねえけど。少なくともあのネタは、俺たちが抜かなくても、どのみち他誌が抜いてただろ」

「それは……そうですけど」

「な？　それより、藤城イツキが本当に好きなこと探そうって思えたんならいいじゃねえか。……本人が気づいてないこともあるからな、本当に好きなこと」

頭を撫でていた佐治の手が、うなじにすべり下りてくる。

「でも……」

「――うん？」

「それを言うなら、佐治さんだって、現場が好きじゃないですか」

柴田はたまらず、佐治を見た。

「今日、由枝子さんのこと報告したいから来たっていうのは、半分口実です。……佐治さんのことは正直、すごい才能があるくせに、なんて傲慢《ごうまん》でだらしない人なんだろうって思ってました。だけど現場では、あんなにすごい写真、いっぱい撮れるじゃないですか。どうしてもう、人は撮らないなんて言うんですか」

柴田だって、佐治と同じだからよくわかる。

ゴシップなんて、と思っていた。新聞社に落ちて就いた、納得のいかない仕事だと思っていた。

けれど、佐治に振り回されながらも、ネタを追うのは楽しかった。少しずつ、噂が事実に近づいていくのを感じるとぞくぞくした。書いた記事で、誰かを救えたことがうれしかった。

自分はけっこう、この仕事が気に入っていた。

気づかせてくれたのは、佐治だった。

言葉が尽きて見つめると、佐治はふと、糸が切れたようにくしゃりと顔を笑み崩した。

「――かなわねえな、ルーキーには」

「……」

「来いよ」

佐治は顎先で軽く階上を示し、スタジオの端の階段を上っていく。

柴田が二階の寝室に入ると、佐治は棚の一角から写真を出しているところだった。

「あー……ああ、これだ」

大きめのサイズに引き伸ばされた写真をいくつか見比べ、そのうちの一枚を取り出す。

「それ……」

「新聞団体賞獲ったやつ。おまえが追いたがってたみてえな、いわゆる硬派なスクープだよ」

印画紙に焼きついているのは、三年前に起きた横領事件の逮捕劇だ。

佐治は、現像用のバットが並ぶ棚の上に写真を載せて、眺めるように目を細めた。

捜査員に連れられていく夫、それに追いすがり嘆く妻。罪を犯すということについて、考えるきっかけになりうる写真。

「気に入ってたんだよ、この写真。だから賞獲ったときは、それなりにうれしくてな」

完結したことを語る口調で、佐治は言った。

「横領事件だったしな。犯罪なんだから、『悪いヤツは裁かれて当然だ』って、俺も正論振りかざしてさ。こういう写真撮るのも、あんまり心が痛まないほうだった。でも……この人な」

「容疑者の奥さん、ですか」

「ああ。このあと、死んだんだ」

「え……」

「自殺だよ。こういう写真撮られたから、まわりにいろいろ言われたらしい。写真だとちゃんと顔は見えねえけど、ご近所はみんなわかるわな」

眉をひそめて固まる柴田に、佐治は乾いた笑い声を立てた。

「これ撮る前にな、取材で何回か奥さんに話聞いてたんだよ。そのときは気丈《きじょう》に振る舞ってたから、強《つえ》え人だなと思ってた。でも——写真が載ったあと、気になって訪ねてったら留守でさ。通りがかりの近所の人が教えてくれたんだ、死んだって」

佐治の目が、壁にかかった少年の写真に向けられる。

「手首かっ切ったらしくてな、風呂場が血の海だったってよ。この写真で、人ひとり殺したのと同じだろ。その子から、母親を奪っちまった」

「佐治さん……」

「写真だからな、ほんとにあったことしか撮れねえよ。でも、なんでもかんでも、ほんとのこと知らしめてりゃそれでいいとは言い切れねえ。自分の写真が、誰かの人生を変えることもある――そんなの、とっくの昔にわかってたはずなのにな。そのときは、写真が評価されたぶんだけ、いつも以上にキツかった」

「それで……もう、人を撮るのはやめようと思ったんですか」

「そういうこと。ブツ撮りやってりゃ、誰か殺しちまうようなこともねえからな」

佐治が明るく言うほどに、柴田はやるせないような気分になった。

その明るさの下に、佐治はこんなにも深く大きな傷を隠していたのだ。

柴田は、スクープ撮りを依頼することで、その傷を開いてしまったのかもしれない。罪悪感は覚えるが、それと同時に、打ち明けてくれたよろこびも感じる。

「この子の写真はさ、捕まった親父への差し入れ。可愛い息子の母ちゃんがいなくなったんだ、塀の中で心配してるだろ？　それで償《つぐな》いになるとは思えねけどな、せめて」

重くなった会話を打ち切るように、佐治はからりとした声で言った。

頭の上に、また大きな手のひらが載る。いつもみたいにくしゃくしゃと髪をかき混ぜたそれは、それ以上そこに留まることはなかった。

「そんなわけだからさ。由枝子ちゃんの礼は、これ以上ないギャラだったわ。おまえにも礼を言うよ。――ありがとな」

なにも言えないままでいると、佐治はなにかを断ち切るように柴田から手を離した。

棚を探ると、こちらに茶封筒を差し出してくる。

「これ、渡しとくわ」

受け取ったのは、数枚の写真だった。

やわらかなライティングで撮影された、烟《けぶ》るようになめらかな男の肌――佐治にはじめて会ったとき、階下のスタジオで撮られた写真だ。

「……これ……」

「俺、現像も上手いだろ。安心しろよ、誰にも見せてねえから。――もったいなくて、見せられたもんじゃねえだろ。こんな綺麗な写真」

佐治が言うとおり、手の中にある写真は、被写体である自分が見てもうつくしいものだった。

すべらかな頬には、伏せられた睫毛の影が落ちかかる。頤はくっきりとしたアールを描き、まっすぐな鎖骨とのバランスが絶妙だ。上腕《じょうわん》の筋肉は艶やかにライトを跳ね返し、腹は悩ましげにうねっている。骨のかたちがわかる膝も、やわらかそうな内腿も、すべてが自分の身体だとは思えないほど、芸術的に撮られていた。

それを手にしたきり動けず、柴田はすでに遅かったのだと実感する。

ファインダー越しに肌を舐める視線、目を灼くライトを思い出す。自分はもう、すでに捕らわれていたのだ——目の前の、この男に。

「その写真、おまえにやるよ。データは消すから安心しろ」

それなのに佐治は、柴田に背を向けて棚の写真を片づけながら、あくまで平淡にそう言った。

やはり佐治は、関係を断つつもりだったのだ。

見くびるな、と、初対面のときに感じた佐治への衝動を思い起こす。

柴田には、所詮《しょせん》できないと思っているのかもしれない。でも自分は、週刊誌の取材記者だ。暴かれるべきものがあるのなら、暴いてみせるのが仕事だ。

「……写真は、ありがたくいただきます。でも、データは消さないでください」

自分よりひと回り大きな身体に、背後から腕を回す。

「——おい」

かすかに揺れる声を無視して、両腕に力をこめた。広い背中に、額をつけて訴える。

「それで、俺のことまた強請ってくださいよ。なんでもします。……あなたのためなら、なんでもできる」

頬を寄せた身体から、ぬくもりが伝わってくる。

彼がこの身体の中に隠している、情熱をぶつけてほしい——あの夜のように。

しばらくのあいだ、佐治はなにも言わないで、その場にじっと立ち尽くしていた。頬をつけた背中から、とくとくと打つ胸の鼓動だけを感じる。

「……せっかく、隠居生活してたのにな」

ため息のようにぽつりと言うと、佐治はやんわりと柴田の腕を解いた。

「やっぱり怖《こえ》えな、ルーキーは。なにしでかすかわかんねえわ」

「――佐治さん」

向き合った佐治の指先が、柴田の耳の縁をつうっと撫でる。

「おまえがはじめてここに来た日に言ったこと、覚えてるか？」

――世間が知りたいと思う気持ちに応えることこそが、週刊誌の使命だと思います。

「ええ……覚えてますけど」

なにかおかしなことを言っただろうかと首をかしげると、佐治はさもおかしげに肩を揺すった。

「あのときのおまえ、すげえ目してたんだよ。鬼の首でも取りに来たのかって感じの」

「あ……あれは……！」

「おもしれえな、って思ったんだよ。いかにも真面目そうで可愛いくせに、こいつ、こんな顔するんだって……そう思ったときにはもう、目が離せなくなってた」

手のひらで片頬を包み込まれると、そのぬくもりが心地よく、甘えたような吐息が漏れる。

「……ん……」

「おまえの熱に当てられて、見せてみろ、って思ったんだよ。誰にも見せたことない顔、もっと俺に見せてみろって——そしたら、駄目だな。現場には出ねえ、人は撮らねえって思ってたのに、あっというまに逆戻りだよ。撮りたいってのはもう、性分なんだろうな」

佐治は、とろけそうな目をして笑った。

唇が、唇に直接触れる。

抱き寄せる腕は、佐治も柴田を思っているということの、客観的な証拠になった。今の自分たちの姿を撮れば、熱愛記事を書くのにじゅうぶんだ。

親密なキスで、佐治の隠していた熱を知る。

その熱さに酔いしれながら、柴田はうっとりとまぶたを下ろした。


シャワーを浴びるのもそこそこに、二人でベッドになだれ込んだ。

食むように下唇をついばまれながら、そっと肩のあたりを押される。

背中に腕を回されて、ゆっくりとシーツの上に倒された。大きな身体にのしかかられ、脚のあいだに膝を置かれると、身動きが取れなくなる。

「——可愛いな。赤くなって、潤《うる》んできて」

佐治の親指の腹が、ふにゃりと下唇を押してくる。

佐治の唾液で湿ったそこは、言われたとおり赤くなって、潤んでしまっているのだろう。思い浮かべてみると、いかにも卑猥なありさまだった。

その唇を、熱い舌でねっとりと舐められる。唇全体で、覆うようにしてくちづけられると、味わったことのない密着感に、息もできなくなりそうだ。

「ん……っ、は、ぁっ……」

酸素を求めて口を開けば、その隙に舌が侵入してくる。

熱いものを含まされ、内側で佐治の体温を感じる。

舌の表面をくすぐられ、舌下のやわいところを探られると、甘い口蜜が湧いてきた。

舌と舌とを絡められると、飲み込み切れなくなった唾液が、唇の端からこぼれていく。喉元へと伝うそれを追いかけるように、佐治の舌先が頤を下り、首筋へと伸ばされた。

「……ふ、っ……ぁ……」

キスだけで、これだけの快楽を得たことはない。

我知らず喉を反らすと、うなじを手のひらで支えられ、喉笛に噛みつくように唇で触れられた。

「あ……っ、ん、やめ……ッ、……」

「やめていいのか？　なあ、なんでもやるって言っただろ？」

続く佐治の言葉はわかっていた。

あの写真――。

「おまえの写真……俺は、誰にも見せたくねえんだけど？」

佐治は柴田に出会ったときから、そうやって免罪符《めんざいふ》を与え、その手に身を委ねさせてくれた。

弱々しい抵抗がすでに意味を持たないことに、佐治も気づいているだろう。

間断《かんだん》なくくちづけを与えながら、佐治は柴田のベルトに触れてきた。器用に金具を外した指は、前立てを開け、下着をずり下げ、下衣をすべて脱がせてしまう。

「あ……さ、佐治、さ……」

膝の内側に手を添えられ、ゆっくりと脚を開かれる。

「楽にしてろ。――こないだは、手酷く抱いちまったからな。今日はゆっくり可愛がってやるよ」

内腿に空気が触れて、全身がさっと期待にあわ立つようだった。

ねぎらうように内腿を撫で下ろされ、脚のあわいに顔を埋められる。

「ん……っ、ぅ……！」

痛いくらいに充溢《じゅういつ》していた先端が、とろけるように熱い粘膜に包み込まれた。ともすれば媚びた嬌声を上げそうで、柴田は歯を食いしばり、腕で顔を覆ってしまう。

「さ……佐治さんって……」

「――うん？」

「……お、男が、好きなんですか……」

「あー……まあとくに、こだわりはねえほうだと思うけど」

育った幹《みき》の裏側に、佐治はぬるつく舌を這わせた。

「ずっと、仕事仕事で生きてきたからな。たいして長くつき合ってたやつがいるわけじゃねえし」

「あ……く、ぅ……っ」

たっぷりと根元まで咥えられ、唇に力を入れて幹を扱かれる。

淫靡《いんび》な水音を立てながら、唇が幹を上下する。

裏筋に当てられたままの舌に、敏感な雁首《かりくび》をこすられると、目の前でちかちかと無数のフラッシュが瞬くような、鮮烈な快感が襲う。

「っ、あ……、は、あぁっ……」

くぐもった水音は、どんどん大きくなってきた。

性器はすでに、痛いくらいに腫れている。大きさを増すほどに感度をも増すそれは、解放をねだってはしたなく泣いている。

味わうように啜られると、体液が引きずり出されるような、強烈な射精感が込み上げてきた。

「だ……だめ、です……っ、も……もう、……ッ！」

唇を嚙みしめて、幼子のようにいやいやとかぶりを振る。

出る、このまま吸われていると出てしまう。根元のふくらみをやわやわと揉まれ、くっと強めに吸い上げられると、ひとたまりもなかった。

「あ……無理、っ……ぅ、い……くっ、……出る……っ……！」

強すぎる快感に、腰が逃げたようだった。

抱え込むようにして腰を捕らえられ、尻たぶにぐっと指を食い込まされる。

逃げられない、と思った瞬間、ひときわ強く啜り上げられ、あっけなく弾けてしまった。

がくがくと腰を揺らしながら、間欠泉《かんけつせん》のように白濁《はくだく》を吐き出す。

「……っ、あ……は、ァ……っ」

声も出せず、柴田は震えた。

佐治の喉が上下するのに合わせ、びくびくと身体を跳ねさせる。

最後の一滴まで残さず飲み下すと、佐治の粘膜はようやく離れていった。

「や……佐治、さ、飲ん……」

「悪くなかったぞ」

獲物の生き血を啜った獣のように、佐治は濡れた唇を手の甲で拭《ぬぐ》った。

その目に灯《とも》る仄暗《ほのぐら》い欲望に、ぞくりと背筋を疼きが走る。

この男は、基本的に狩る側の存在なのだ——そんなことすら感じさせる視線の前で、柴田は自分が、追い詰められた小動物かなにかのように錯覚する。

このまま喉笛に嚙みつかれ、やわらかい肉を食まれて、この強くうつくしい存在とひとつになれたら、どんなにか安らいだ気持ちになるだろう。

一度達したくらいでは、到底足りるものではなかった。

今日は薬も飲まされていないのに、身体が熱い。熱が引かない。――触ってほしい。

こちらの頬をやさしく撫でる手に焦がれ、自分からその手に頬を押しつける。

「も……や、佐治さ、ん……」

「――うん？　どうした」

「さ……触って……」

はしたない願いを口にすると、恥ずかしさに消えてしまいたくなった。

「おまえは、本っ当に……」

なにかを押さえ込むように低く唸って、佐治は柴田の頬から手を離す。

大きな手が、腹に触れる。達したばかりの性器からこぼれる蜜を、無骨な指先がすくっていく。

「ん……ぁ、……っ」

佐治が引き出した快感の証を、脚のあわいに塗り広げられた。

膝をさすられ、脚を大きく開かれる。

彼の目の前には、物欲しげに腫れた器官と、秘めやかなところが暴かれているだろう。誰にも見せない、佐治だけに許した場所だ。かたちのいい指先がそこに触れると、よろこびに身体が融け出しそうだった。

「……っ、ん……っ」

「可愛いな……待ってたのか。震えてるぞ」

根元のふくらみをやわやわと揉まれ、その裏の敏感な皮膚をくすぐられる。とめどなく流れ出す快蜜を、満遍《まんべん》なく塗り伸ばされる。

やっと後ろのつぼみにたどり着いた指は、じっくりとそこを揉み捏ねた。

軽く押し、くるくるとさすり、うかがうようにノックする。入ってこようと少しだけ力を込めたかと思うと、焦らすように退いていく。それを何度も、辛抱強く繰り返す。

ともすれば、執拗《しつよう》とも言えそうな愛撫《あいぶ》だ。

そうやって愛でられているうちに、柴田はゆっくりとほころんでいった。

指先をあてがわれ、くん、と押されたその瞬間、内側に異物が入り込んでくる。

「う……っ、ぁ……」

「大丈夫だ――息、止めるなよ」

言われたとおりに息をすると、いつのまにか強張っていた身体から力が抜けた。

やわらかさを取り戻した内壁《ないへき》は、佐治の指をより深くまで迎え入れようと蠢いている。

「ん……ぅ、っ、あぁ……」

「ああ……すごいな。俺の指、きゅうきゅう締めつけてくるぞ」

柴田の腰を引き寄せ、太腿を膝に載せ、佐治はゆるゆると指を出し挿《い》れしはじめた。

痛いくらいに張り詰めた幹からは、とろとろと快液があふれ続けている。佐治の手は、それをときどき後ろに塗り足しながら、もどかしいくらいに丁寧にそこをほぐしていった。

「あ――あっ……！」

ひときわ高い声を上げてしまったのは、もっとも敏感な一点を押し上げられたからだ。

「ここだよな。おまえの、いいところ」

こりこりと刺激されると、腰が砕けそうな愉悦が襲った。

躍り上がろうとする腰を、佐治の腕に抱き込まれる。膝が胸につくほどに身体を折り曲げられて、耳元に唇を寄せられる。耳朶《じだ》を唇で食まれながら、突き込む指を増やされた。

「ああ――感じてるな。奥、吸いついてるのわかるか？」

「ん、……あ、あァっ……」

「可愛いな。このまま写真に撮って、閉じ込めとければいいのにな――」

体重をかけてのしかかられると、脚のあわいに佐治の猛《たけ》りがこすりつけられた。デニム越しにも感じる昂りに、興奮で喉がからからになる。

「……も、もう……っ、さ、佐治さん……、俺……っ」

「いいぞ、何回でも達けよ」

「あ――あぁッ……！」

びゅっ、と劣情を放ってしまうと、蠕動《ぜんどう》する内側は、より強く佐治の指を締めつけた。

達しているところに受ける抽送《ちゅうそう》は、快感が過ぎていっそつらい。身体がばらばらになりそうな愉悦に怯え、柴田は目の前の胸にすがった。

「いや……だ、っ、ひとりじゃ……さじさん……っ、佐治さんが、いいっ……」

涙声で哀願すると、佐治はようやく施《ほどこ》す手を止めてくれた。

いつのまにか泣いてしまっていたようで、涙に濡れたまなじりを舐め上げられる。あたたかなキスを落とされると、耳の横できゅっと手をにぎられた。

「佐治、さん……」

滲む視界で見上げると、柴田の手を解いた佐治は、ばさりとシャツを脱ぎ落とした。そのまま下衣も脱ぎ捨てて、柴田と同じ、生まれたままの姿になる。

愛する男の、なにも纏わない、鎧《よろ》わない姿だ。

見せてくれるのだ、と思うと、狂おしいほどの愛おしさがこみ上げた。

「――いくぞ」

腰をしっかりと抱え直されると、入り口に、燃えそうに熱い硬直が触れた。

力強く押し進まれ、入り込まれる愉悦に胸が痺れる。

誰にも見せない内側を、愛するものに差し出す感覚。

「ん……あっ……」

「熱いな、おまえの中は……」

「佐治、さんも……」

「ああ……年甲斐もなく、暴発しそうだよ……」

低く笑いながら、佐治はゆったりとつながったところを揺すりはじめた。

みっしりと内側を満たすものでこすられると、自分の中には、こんなにも感じる場所があったのかとおののく。快感と苦しさは紙一重《ひとえ》で、ずっと酔っていたいような心地よさと、高みへと向かう焦燥がせめぎ合う。

「んっ……、あ、あぁっ……」

抜き挿しが激しくなると、未知の愉悦が迫ってきた。

怖いような気さえして、みずからを穿つ男にしがみつく。佐治は、柴田の身体をぐっと圧するような力で抱くと、突き込みをより深くした。

「さじ……さ、……あ、あっ……佐治さんっ……」

必死の思いで首筋にかきつくと、内側にいる佐治が、ぐんとその嵩《かさ》を増した。

「ひ、あっ……大き……っ」

「おまえ、可愛いこと言うのもいい加減にしろよ……っ」

「や、ああっ……！」

腰を強く押しつけられると、つながったところが上向くような体勢になった。そこから打ち下ろすように突かれ、一番奥だと思っていたところから、さらに奥へと熱が届く。

「あ……はぁっ、ああっ」

「柴田——柴田……っ」

強く抱かれ、熱く昂る吐息で呼ばれる。

凶暴なほどふくれ上がる快感に、気が遠くなりそうだった。

「……ッ、好きだ……」

色めいて掠れた声は、はじめて身体をつなげたあの日、自分に与えられたのと同じものだろう。その想いを今度こそ全身で理解して、腕で、奥で、目の前の男を抱きしめる。

「佐治、さ……、俺も……」

「ああ……一緒に、達けるか」

「んっ、は……いッ、あ、あ、あぁっ——……！」

まなうらに、強いストロボのような光が瞬く。

ぐんと大きく穿たれたところで、佐治が飛沫《しぶ》くのを感じる。

最奥に教えられたのは、彼の想いの熱さだった。

吼《ほ》えるような息をついた男は、柴田のこめかみに鼻先をすり寄せ、大きな身体でのしかかってくる。

誰にも見せない顔を知ってもらえたというよろこびが、柴田の中を充《み》たしていた。そして同時に、自分だけが、この男のこんな顔を知っているというよろこびに震える。

逞しい腕が、柴田の身体に回された。

それと同じだけの強さで、柴田は愛する男の身体を抱き返した。

「ちょっと……熊谷さん！　どういうことですか!?」

会議室から出てきた柴田は、先を行く熊谷の背中を追った。

ほかの班は、すでにプラン会議を終えているようだ。フロアの端に置かれたソファーには、徹夜明けらしい男が、顔の上に開いた雑誌を載せたままひっくり返っている。

ソファーセットの向こう、点けっぱなしの大型テレビでは、一昨日起きた通り魔殺人事件について、昼のワイドショーが報じていた。

柴田は、自席に腰を下ろした熊谷の机にバンと手を突いて抗議した。

「なんですか、イケメン俳優・三浦航太《みうらこうた》、五年越しの押しかけ愛って！　完っ全に芸能ゴシップじゃないですか！」

「そりゃまあ、芸能班のプラン会議だからな」

「そうじゃなくて……！　藤城イツキのスクープ取れたら事件班に行かせてくれるって、約束したじゃないですか！」

息巻く柴田に、熊谷は重々しく咳払いをした。

「柴田──おまえはひとつ、勘違いしていることがある」

「な……なんですか」

「俺はな、『藤城イッキのスクープを取れたら事件班に行かせてやる』とは言ってない。『事件班に差し出すのも検討してやる』と言った覚えはあるけどな」

「は――はぁ……!?」

「検討の結果、おまえはまだ芸能班所属。とっとと外出て、三浦航太の自宅でも張ってこい。以上」

ばっさりと会話を終えると、熊谷は愕然としている柴田の背後に、「じゃあ宇野さん、通り魔殺人のほうよろしくお願いしますね。めどがたったら、ほかにもヘルプに行ってもらいますんで」などと話しかけている。

「な……なんだよ、それ……」

がっくりとうなだれてはみるものの、週刊誌の編集部では誰もが多忙だ。落ち込んでいる暇も、立ち止まっている暇もない。

「ちっくしょー……」

柴田は熊谷の指示どおり、ノートパソコンをリュックに突っ込み、外出の用意をした。

ずっしりと重いリュックを担ごうとした、その矢先。

「学習能力ねえなあ、柴田は」

「……え？」

声のした方向、フロアの奥に目をやると、ソファーから身を起こした男が、カメラのレンズ越しにこちらを見ている。

「ったく、おまえは……素直っつーか馬鹿正直っつーか、どうしてこう、うまいこと使われてばっかなんだろうな。なんかの交渉するときは、よくよく条件を確認しろよ」

シャッターが下りる音がして、ファインダーの向こうから顔を出したのは――、

「さ……佐治さん……!?」

「そういう顔見たかったんだわ、驚いたか？　苦労して黙ってた甲斐あったよなー」

わはは、と朗らかに笑いながら、佐治はカメラ背面のモニターを見せつけてこようとする。

「ちょっ……佐治さん！　なんでこんなとこにいるんですか……！」

大声を上げる柴田に、熊谷が「お、そうだ。忘れてた」と横槍《よこやり》を入れてくる。

「佐治な、うちの契約カメラマンに復帰してもらうことになったんだ。とりあえず、しばらくは芸能班づきな」

「は――……？」

唖然とする柴田の横で、佐治は張り切った声を上げている。

「よーし、今回のターゲットは誰だ、三浦航太か？　じゃあ自宅じゃなくて、女のマンション狙ったほうがよさそうだな。おい柴田、張り込み行くぞ」

「えっ……ちょ、ちょっと……！」

「なんだ、今回もなんでもするんじゃねえのかよ？」

佐治は、がばりと柴田の肩を抱き寄せると、耳たぶに唇の触れる距離でささやいた。

「こないだ、また新しく強請るためのネタ、つかんだはずなんだけどな——どうする？」

言葉では脅しているのに、柴田を覗き込むその目はやさしい。ぎゅっと抱かれた肩口から、ぬくもりが伝わってくる。

——この先も、ちゃんとそばにいてくれるつもりなんだ。

こみ上げるよろこびを、隠し切れなくなりそうだった。

だが、職場である編集部で、そんな顔を見せるわけにはいかない。柴田は大急ぎで渋面を作り、やれやれと息をつく。

「……ったく、佐治さんはいつもいつも、どうしてこんなに急なんだか……」

「お？　それ、スクープカメラマンには褒め言葉だけどな」

「褒めてません。しょうがないから、強請られてやりますよ」

しぶしぶ、というポーズで言うと、佐治は愛おしげに目を細め、柴田の髪をくしゃくしゃとかき回した。すべてが通じ合ったやりとりに、胸があたたかく満ちていく。

「よし、じゃあ行くか」

佐治の声に、柴田は「はい」と力強くうなずいた。

「それじゃ、取材に出てきます！」

勢いよく担いだリュックは、いつもよりずっと軽く感じられた。

あとがき

どうも、三津留《みつる》です。

このたびは、本書をお手に取ってくださりありがとうございました！

今回は、パパラッチと新人記者のお話です。

仕事に一生懸命なキャラクターというのが大好きで、このほかに出したネタの登場人物も、刑事だったり照明デザイナーだったりとどこかしらお仕事要素のあるものでした。とくにカメラマンと出版業界関係者は好きランク最上級なので、書くのも楽しかったです。

硬派な記事を書きたい主人公の柴田《しばた》ですが、サラリーマンなので（出版社勤務のここが好き）、そのうち女性誌への異動とかも経験するんじゃないでしょうか。がつがつしてないのでお姉さまがたには可愛がられそうですが、佐治《さじ》は気が気でなさそうです。モデル撮影なんかにやってきて、うっかりモテて逆に拗ねられ、あまつさえ身を引かれそうになって焦っていればいいと思います。男気があるのはどっちかというと柴田ですよね。

出版社の中も、各部署で雰囲気がまったく違うのがおもしろいです。カメラマンも出版人もすごく惹かれる職業なので、隙あらばどんどん書きたい！

というわけで、すこぶる楽しく書かせていただきました本作、刊行に際してもたくさんのかたにお世話になりました。

イラストをご担当いただきました乃一《のいち》ミクロ先生。初心《うぶ》っぽいのにしたたかそうな柴田と、食えない色気たっぷりの佐治をありがとうございました！　カバーイラストひとつとっても、ワンポーズでキャラの性格まで見えるなんてと感激しました。

丁寧にご指導くださいました担当さま。ネタの段階からいろいろと相談に乗っていただき、心強かったです。今後ともよろしくお願いいたします。この本の制作、販売にかかわってくださったみなさまにも、この場を借りて心からのお礼を。

そして、この本をお読みくださいましたみなさま！

貴重なお時間を割いて読んでいただき、ありがとうございました。ちょっとでも楽しんでいただけたところがあったでしょうか。よろしければ、ご感想などお聞かせいただけますとうれしいです。

それでは、また次のお話でもお目にかかることができますように。

ありがとうございました！

三津留ゆう

【参考文献】

『スクープ！ 週刊文春エース記者の取材メモ』（中村 竜太郎／文藝春秋）
『文春砲 スクープはいかにして生まれるのか？』（週刊文春編集部／ＫＡＤＯＫＡＷＡ）
『「噂の眞相」トップ屋稼業』（西岡 研介／河出書房新社）

寂しがりやのレトリバー

さみしがりやのレトリバー

三津留ゆう

イラスト：カワイチハル

本体価格870円+税

高校の養護教諭をしている支倉誓は、過去のある出来事のせいで誰かを愛することに臆病になり、一夜限りの関係を続ける日々を送っていた。そんなある日、夜の街で遊び相手の男といるところを生徒の湖賀千尋に見られてしまう。面倒なことになったと思うものの、湖賀に「先生も寂しいの？」と聞かれ戸惑いを覚えてしまう支倉。「だったらおれのこと好きになってよ」と縋りつくような湖賀の瞳に、どこか自分と似た孤独を感じた支倉は、駄目だと思いつつ求められるまま身体の関係を持ってしまうが…。

リンクスロマンス大好評発売中

初恋のつづき

はつこいのつづき

三津留ゆう

イラスト：壱也

本体価格870円+税

バーで働く響には、幼馴染みの直純との苦い思い出があった。響は小さな頃から引っ込み思案だった直純の面倒を見てきたのだが、高校生のある日、彼に恋愛感情を抱いていると自覚してしまったのだ。このまま直純のそばにはいられないと思い、何も告げずに姿を消した響。だがそれから十年後、ずっと響を探していたという直純が現れ「やっと見つけた。もう絶対に離さない」と思いもかけない力強さで抱き締められ――。

月神の愛でる花 ～巡逢の稀跡～

つきがみのめでるは～じゅんあいのきせき～

朝霞月子

イラスト：千川夏味

本体価格870円+税

異世界・サークィン皇国にトリップしてしまった純朴な高校生・佐保は、若き皇帝・レグレシティスと結ばれ、皇妃となった。頼もしい仲間に囲まれながら、民に慕われ敬われる夫を支え、充足した日々を送っていた佐保だったが、ある日、自分と同じように異世界から来た【稀人】と噂される記憶喪失の青年・ナオと出会う。何か大きな秘密を抱えていそうな彼を気に掛ける佐保だが——？ 新たな稀人を巡る物語、いよいよ感動のクライマックス！

リンクスロマンス大好評発売中

極上の恋を一匙

ごくじょうのこいをひとさじ

宮本れん

イラスト：小椋ムク

本体価格870円+税

箱根にあるオーベルジュでシェフをしている伊吹周は、人々の心に残る料理を作りたいと、日々真摯に料理と向き合っていた。腕も人柄も信頼できる仲間に囲まれ、やりがいを持って働く周だったが、ある日突然、店が買収されたと知らされる。新オーナーは、若くして手広く事業を営む資産家・成宮雅人。視察に訪れて早々、店の方針に次々と口を出す雅人に、周は激しく反発する。しばらく滞在することになった雅人との間には、ぎこちない空気が流れていたのだが、共に過ごすうち、雅人の仕事に対する熱意や、不器用な優しさに気付き始めた周は次第に心を開くようになり——……。

LYNX ROMANCE

小説原稿募集

リンクスロマンスではオリジナル作品の原稿を随時募集いたします。

募集作品

リンクスロマンスの読者を対象にした商業誌未発表のオリジナル作品。
（商業誌未発表のオリジナル作品であれば、同人誌・サイト発表作も受付可）

募集要項

＜応募資格＞
年齢・性別・プロ・アマ問いません。

＜原稿枚数＞
４５文字×１７行（１枚）の縦書き原稿、２００枚以上２４０枚以内。
※印刷形式は自由。ただしＡ４用紙を使用のこと。
※手書き、感熱紙不可。
※原稿には必ずノンブル（通し番号）を入れてください。

＜応募上の注意＞
◆原稿の１枚目には、作品のタイトル、ペンネーム、住所、氏名、年齢、電話番号、メールアドレス、投稿（掲載）歴を添付してください。
◆２枚目には、作品のあらすじ（４００字～８００字程度）を添付してください。
◆未完の作品（続きものなど）、他誌との二重投稿作品は受付不可です。
◆原稿は返却いたしませんので、必要な方はコピー等の控えをお取りください。
◆１作品につき、ひとつの封筒でご応募ください。

＜採用のお知らせ＞
◆採用の場合のみ、原稿到着後６カ月以内に編集部よりご連絡いたします。
◆優れた作品は、リンクスロマンスより発行させていただきます。
原稿料は、当社既定の印税でのお支払いになります。
◆選考に関するお電話やメールでのお問い合わせはご遠慮ください。

宛先

〒151-0051
東京都渋谷区千駄ヶ谷４−９−７
株式会社　幻冬舎コミックス
「リンクスロマンス　小説原稿募集」係

この本を読んでの
ご意見・ご感想を
お寄せ下さい。

〒151-0051
東京都渋谷区千駄ヶ谷4-9-7
(株)幻冬舎コミックス　リンクス編集部
「三津留《みつる》ゆう先生」係／「乃一《のいち》ミクロ先生」係

リンクス ロマンス

セックス・スキャンダル

2018年2月28日　第1刷発行

著者…………三津留《みつる》ゆう
発行人…………石原正康
発行元…………株式会社　幻冬舎コミックス
〒151-0051　東京都渋谷区千駄ヶ谷4-9-7
TEL 03-5411-6431（編集）
発売元…………株式会社　幻冬舎
〒151-0051　東京都渋谷区千駄ヶ谷4-9-7
TEL 03-5411-6222（営業）
振替00120-8-767643
印刷・製本所…株式会社　光邦
検印廃止

ISBN978-4-344-84170-3 C0293
Printed in Japan

幻冬舎コミックスホームページ　http://www.gentosha-comics.net